Boy Lornsen

Das Wrack vor der Küste

und andere Erzählungen

Verlag H. Lühr & Dircks

2. Auflage 1996

ISBN 3-921416-59-0
(Verlag H. Lühr & Dircks)

© Copyright 1993 by Quickborn-Verlag, Hamburg
Umschlagillustration: Herbert Markmann, Hamburg
Gesamtherstellung: Clausen & Bosse, Leck
Der Umwelt zuliebe
auf chlorfrei gebleichtem Papier gedruckt
und nicht eingeschweißt.
Printed in Germany

Inhalt

Das Wrack vor der Küste

Rudi Madsen starrt aus schmalen Augenschlitzen über die silbern funkelnde Wasserfläche.

Da liegt es!

Der Schornstein, ein stämmiger dunkler Balken, neigt sich erschöpft zur Seite. Zwei Jahre lang hat er den wütenden Angriffen der Wellen getrotzt. Der nächste Sturm wird ihn holen. So wie die Frühjahrsstürme die beiden Masten über Bord gewaschen haben, die noch im vorigen Herbst dürr und klagend in den Himmel zeigten. Ein toter Wal. So liegt das Wrack auf dem Sand, und die Flut steigt gierig an den Schiffsseiten empor.

Das ist gut. Nur so kann er die Bordwand erklettern.

Noch eine halbe Stunde bis er da ist, schätzt Rudi. Großsegel und Fock zeigen pralle Bäuche. Ein fröhlicher Südwestwind schiebt die kleine Jolle voran. Die Segel sind alt und keine weißen Möwenflügel mehr. Aber das Holz ist gesund, und der Lack glänzt nicht schlechter als an einem

7

neuen Boot. Rudi Madsen, zwölf Jahre alt, ist Kapitän und Besitzer. Und er fährt einem Abenteuer entgegen. Das zählt.

Zweimal hat er es schon gewagt. Zweimal mußte er umkehren. Beim ersten Versuch zog ein Gewitter auf. Der Wind kam plötzlich, trieb die Wolken wie eine Schafherde zu einem Klumpen zusammen und jagte sie mit seiner Böenpeitsche nach Osten. Er konnte gerade noch rechtzeitig das Großsegel bergen und mußte vor dem kleinen Focksegel wie auf einem wilden Mustang zurück in den Hafenpriel reiten. Beim zweiten Versuch war es umgekehrt. Auf halbem Weg schlief der Wind ein, und ohne Wind ist selbst eine flinke kleine Jolle ein Stück Treibholz, das von der Strömung gnädig mitgenommen wird.

Aber heute sieht die Sache gut aus.

Irgendein Andenken muß ich von meiner heimlichen Reise mitbringen, denkt Rudi. Ich muß etwas vorzeigen können. Sonst heißt es: Du willst auf dem Wrack gewesen sein? Erzähl uns keine Märchen, Rudi Madsen. Das mußt du uns erst einmal beweisen.

Einen Beweis braucht er. Einen, den selbst sein Klassenkamerad, der mißtrauische Benno Döbel, anerkennen muß. Ein Rettungsring wäre überzeugend. Ein gelber oder weißer Ring mit der

Aufschrift ORION — ROTTERDAM. Aber den wird er wohl nicht mehr an Bord finden. Das Wasser hat längst alle losen Gegenstände aus dem Wrack herausgespült. Vielleicht läßt sich auf der Brücke oder im Ruderhaus noch irgend etwas auftreiben — ein Buch, eine Seekarte. Oder ein Messingteil aus dem Maschinenraum. Nein, der Maschinenraum wird wahrscheinlich voll Wasser stehen.

ORION hieß ein holländischer Frachtdampfer, den ein wütender Nordweststurm vor zwei Jahren bei dem Feuerschiff Elbe II auf die Sandbank warf. Und kein noch so starker Schlepper konnte ihn da herunterziehen. Nun ist ORION nur noch ein mastloses Wrack mit einem müden, schiefen Schornstein.

Die halbe Stunde ist um. Jetzt ist das Wrack riesengroß, verglichen mit einem kleinen Segelboot. Aber ein Segelboot ist voller Leben. Und da liegt ein Haufen zerbeultes, unnützes Eisen.

Wasser und Rost haben die Farben aufgefressen. Nur der Schornstein zeigt oben noch Reste von einem blauen Ring. Das Vorschiff ist versunken. Der gierige Mahlsand hält es umklammert und saugt es immer tiefer in sich hinein. Kleine Wellen tanzen heute auf der vorderen Ladeluke. Kommandobrücke und Ruderhaus, einst voller

Geschäftigkeit, stieren aus leeren Fensterhöhlen. Ein totes Schiff. Nur das Geheimnis ist lebendig.

Rudi Madsen schluckt mit trockenem Mund. Aber dann schüttelt er die heimliche Angst ab, die Angst, die ihn warnen will, ein totes Schiff zu betreten.

Klar zum Manöver! ruft er sich selber zu. Keine unnützen Gedanken mehr. Zuerst muß er eine günstige Stelle zum Anlegen finden.

Leichtfüßig wie ein Terrier umkreist die kleine Jolle den Schiffsleichnam. Einmal und noch einmal. Um das versunkene Vorschiff zieht sie einen weiten Bogen. Einen Zusammenstoß mit scharfkantigen Eisenklippen vertragen die dünnen Planken einer Jolle nicht.

Aber Rudi Madsen wird beobachtet. Der Wachhabende auf der Brücke des Feuerschiffs preßt das Doppelglas an die Augen.

»Nanu?« murmelt er vor sich hin. »Was hat der kleine Flitzer an dem Wrack zu suchen?«

Er sieht, wie die Jolle elegant das hochragende Heck rundet, an der Schiffsseite vorbeischwebt, einen weiten Bogen um das versunkene Vorschiff zieht, hinter der abgewandten Bordwand verschwindet...

Und ein halbwüchsiger Junge segelt das Boot!

»Alle Achtung! Mit seinem Boot kann der Bursche umgehen!« brummt der Mann auf dem Feuerschiff anerkennend. »Aber ein sträflicher Leichtsinn sich hier herauszuwagen... Er taucht nicht wieder auf... Was hat er vor? Er will doch hoffentlich nicht anlegen und an Bord klettern? Das wäre ein starkes Stück.«

Ja, Rudi Madsen will anlegen und an Bord klettern! Die richtige Stelle hat er sich schon ausgesucht — zwischen der zweiten Ladeluke und der Kommandobrücke wird er seine Jolle längsseit bringen. Dort ragt die Bordwand weniger als einen Meter aus dem Wasser heraus.

Um den Flutstrom braucht er sich nicht mehr zu kümmern. Das Wasser hat seinen höchsten Stand erreicht und ruht träge, um sich dann nach einer Viertelstunde wieder aus dem Trichter zwischen den Sänden herauszuwälzen.

Mit flatternden Segeln steuert Rudi sein Boot auf die rostrote Eisenwand zu. Herum das Ruder! Die knatternden Segel herunter! Die Fender ausgehängt! Die Leine fest! Viele Handgriffe, die rasch aufeinanderfolgen müssen. Das ist harte Arbeit für einen einzelnen Mann. Nun noch die Segel zusammenbinden. Sie dürfen keinen Wind fangen.

Rudi Madsen wischt sich den Schweiß ab. Geschafft! Jetzt kommt der große Augenblick. Rudi klettert an Bord. Was wird er entdecken?

Das starke Fernglas läßt den Abstand zum Wrack zusammenschrumpfen, und der Mann auf dem Feuerschiff sieht, wie der Junge über die Bordwand klettert und sich an der Reling entlang das schräge Deck hinaufhangelt.

Die hellen Augen des Mannes blicken besorgt. Mit einer heftigen Bewegung setzt er das Fernglas ab.

»Dieser verflixte, leichtsinnige Bengel!« ruft er laut. »Die Knochen kann er sich brechen. Na, warte...«

Er dreht sich um und eilt mit langen Schritten in den Funkraum.

»Willi, wo steht der Seenotkreuzer?«

»Gerade eben aus Cuxhaven ausgelaufen«, antwortet der Funker. »Ist was passiert?«

»Und ob was passiert ist«, sagt der Wachhabende ärgerlich. »Ein verrückter Bengel treibt sich hier draußen mit einer kleinen Jolle herum. Und dann ist dieser Bruder Leichtsinn auch noch auf das Wrack der ORION geklettert. Ich hab' ihn durchs Glas beobachtet. Wir müssen ihn herunterholen lassen, bevor ein Unglück geschieht.«

Der Funker nickt und zieht das Mikrofon zu sich heran.

»Feuerschiff ruft Seenotkreuzer RUHR-STAHL!... Feuerschiff ruft Seenotkreuzer...«

Das Deck ist glitschig, mit einer schmierigen grünen Algenschicht überzogen. Selbst die Gummisohlen seiner Segelschuhe finden keinen rechten Halt. Rudi muß sich an der Reling festhalten und voranarbeiten.

Das ganze Wrack scheint nur noch aus Rost zu bestehen. Rostflocken blättern von allen Eisenteilen. Rost färbt seine Hände braun. Geheimnisvoll ist hier vorläufig nichts.

Da ist sie endlich, die Treppe zur Kommandobrücke. Die Geländerstangen sind verbogen. Der Gummibelag hängt in Fetzen herab. In den Aufbauten sind alle Scheiben zerschlagen, und die Bullaugen haben gesprungene Gläser. Wie tote Augen blicken sie. Früher waren die Messingringe blankgeputzt und goldgelb. Jetzt sind sie von Grünspan überwuchert.

Neben der Treppe gähnt ein Loch. Das wasserdichte Schott, die Eisentür, fehlt. Verbogene Beschläge bezeugen aber, daß dort eine gewesen ist. Vielleicht blieb sie offen, als die Besatzung damals das Schiff hastig verließ, und die wütenden Wellen haben sie herausgerissen, weil sie ihnen den Weg versperrte.

Rudi überlegt und zögert. Soll er durch das Türloch ins Innere des Schiffes klettern? Soll er einen Blick in den Maschinenraum riskieren? Oder die Pantry, die Schiffsküche, aufspüren? Vielleicht findet er sogar noch einen heilen Teller oder eine Tasse mit dem Schiffsnamen ORION darauf...

Er wagt es. Er steigt über ein hohes Süll auf einen abschüssigen Boden. Alles ist schief auf diesem Wrack. Lauter Schrägen. Nichts ist mehr waagerecht und nichts senkrecht. Jede Linie und jede Fläche verkantet. Und über allem lastet die Stille, die tote Schiffe bewacht...

Rudi tastet sich in dem Winkel zwischen Wand und Boden durch die Gänge. Sehr vorsichtig bewegt er sich; auch hier drinnen ist es glatt, und der Boden zeigt bergab. In den Kabinen sind die Möbel zerschlagen und durcheinandergeworfen wie auf einem Müllplatz. Seine Schuhsohlen treten auf knirschende Glasscherben.

Eine eiserne Tür steht offen und gibt ein großes, ovales Loch frei. Rudi tritt auf ein Podest, umklammert eine runde Geländerstange. Das Eisen ist kalt. Eine Leiter führt nach unten...

Soll er es wagen? Rudi Madsen nimmt allen

Mut zusammen und steigt hinab. Er erreicht wieder eine Plattform, deren eiserner Gitterrost an kunstvolle Bienenwaben erinnert. Und wieder eine Leiter. Sie führt in eine dämmrige Tiefe hinab — in den Maschinenraum! Noch tiefer klettert Rudi. Noch immer riecht es hier nach schwerem Öl. Rohre greifen vielarmig in den Raum.

Und in der Mitte steht sie, stumm und riesig, von fettglänzendem, schwarzem Wasser umspült — die Maschine. Einst war sie das pochende Herz des Schiffes. Ihre Kraft konnte man durch alle Decks hindurch spüren. Jetzt ist sie nur noch ein unnützer rostroter Klumpen Eisen. Ein Schiffsherz, das nie wieder schlagen wird.

Ob die Männer tief unten im Schiffsbauch Angst hatten? Damals, als die Wellen den Schiffsboden immer wieder auf den harten Sand stießen? Als dieser Raum dröhnte wie eine Riesentrommel? Als alle Anstrengungen vergebens waren, alle Pferdekräfte der Maschine zu schwach, um die ORION zu retten?

Weiter nach unten wagt sich Rudi Madsen nicht. Und wenn er dort hundert Dinge finden könnte, die es mitzubringen lohnte. Denn da unten schwebt zwischen Öl, Wasser und Stahl immer noch die Furcht — die Furcht vor einem eisernen Sarg.

Rudi klettert so schnell er kann die Leiter hinauf. Nur raus aus dem Maschinenraum! Raus aus dem Dämmerlicht, das ihm die Luft abwürgt. Die Treppe nach oben. Und auf der Kommandobrücke oder dem, was von ihr übrig ist, kann er wieder richtig atmen. Himmel, Licht und Sonne machen die Angst klein.

Hier oben hat das Wasser noch stärker gewütet als im Schiffsinneren. Zerbrochene Scheiben, zertrümmerte Fensterrahmen, losgerissene Kabel, zersplittertes Holz. Nur Ruderrad und Kompaßsäule stehen noch immer auf ihrem Platz, als sei ihre Wichtigkeit unzerstörbar. Als das Schiff noch lebte, ließ man sie nur allein, wenn es vor Anker oder fest im Hafen vertäut lag. Jetzt haben sie keine Aufgabe mehr. Keine Drehung am Ruderrad kann den Kurs der ORION mehr ändern. Der Kompaß müßte noch die Nordrichtung anzeigen. Aber das kann er nicht mehr. Er ist ein Kreiselkompaß. Und die Kreisel stehen still…

Der Wind hat aufgefrischt, stellt Rudi fest. Das hilft ihm bei der Rückfahrt. Dann kann er, die Segel zu beiden Seiten wie Schmetterlingsflügel ausgestellt, den Ebbstrom totsegeln, und es bleibt noch ein guter Fahrtüberschuß.

Zuerst noch einen Blick über die Brückennock auf das Wasser. Dann will er ein Andenken, einen

Beweis suchen. Viel Zeit hat er nicht mehr. Die Ebbe hat schon voll eingesetzt. Was macht das Boot? Kaum hat Rudi den Kopf über die Brüstung gestreckt, durchfährt ihn ein eisiger Schreck: Wo ist der Mast? Die Jolle! Meine Jolle ist weg! Rudi Madsen schreit es laut heraus.

Ist sie abgetrieben? Hab' ich sie nicht richtig angebunden? Aber ich hatte doch... Oder nicht? Die Gedanken jagen sich in seinem Kopf. Er hastet nach unten hin zur zweiten Ladeluke. Der Rost stiebt vom Treppengeländer. Weiter! Schnell! Hier lag sie! Sie ist weg! Weg!

Zurück! Rudi kämpft sich keuchend und stolpernd wieder auf das hochragende Heck hinauf. Von dort kann er das Wasser überschauen. In die Richtung zieht auch der Ebbstrom. Da muß er seine Jolle suchen...

Und da ist sie! Ein- — nein, schon zweihundert Meter entfernt treibt sie mit kahlem Mast davon! Die Strömung schiebt sie unerbittlich in die offene See hinaus.

Ins Wasser springen! Hinterherschwimmen! Die Überlegungen überschlagen sich. Nein. Geht nicht mehr! Der Abstand ist schon zu groß! Rudi krampft beide Hände um das Heckgeländer, so daß die Knöchel weiß hervortreten. Rudi verdammt seine Unvorsichtigkeit. Rudi Madsen weint. Er weiß, daß er jetzt hier draußen auf einer rostigen Eiseninsel gefangen ist, wenn ihm keiner zu Hilfe kommt.

Hilfe! Wie kann er die bekommen? Das Feuerschiff kann Hilfe bedeuten! Es ist nicht weit entfernt. Er muß sich bemerkbar machen. Schreien! Winken! Und Rudi winkt mit beiden Armen, läßt sie wie Windmühlenflügel über seinem Kopf kreisen. Rudi zeigt immer wieder auf das blinkende Wasser, dorthin, wo seine Jolle treibt. Rudi schreit, so laut er kann und hofft, daß man ihn hört. Nur ein einziger Mensch braucht ihn zu hören — nur ein einziger!

So plötzlich, wie er damit begonnen hat, stoppt er auch seine Anstrengungen. Jetzt weiß er, was er zu tun hat: ein Feuer anzünden! Ölgetränkte Putzwolle, Lappen, Papier... Irgendwas wird er schon finden. Und hier auf dem hohen Heck muß es brennen. Streichhölzer hat er in der Tasche. Feuer und Rauch wird man sehen. Bestimmt! Das Feuerschiff ist ja so nah...

Rudi Madsen weiß nicht, daß man ihn schon lange gesehen hat. Viel länger, als er ahnt. Auch ohne Feuer und Rauch. Und er weiß auch nicht, daß die Rettung schon unterwegs ist.

Der Mann auf dem Feuerschiff hat alles beobachtet: das treibende Boot, den wild winkenden Jungen.

Der Mann kann sich gut zusammenreimen, was da drüben geschehen sein muß. Und er ahnt, daß der Junge Angst hat, man läßt ihn allein.

»Wenigstens weiß er sich zu helfen«, brummt er anerkennend, als er Rauch vom Heck des Wracks aufsteigen sieht. »Einen Denkzettel hab' ich ihm ja gewünscht. Aber *diese* Angst — nein, bei Gott nicht!«

In diesem Augenblick zieht der Seenotkreuzer mit hoher Fahrt an dem Feuerschiff vorbei. Der Mann auf der Brücke hebt grüßend die Hand. Und der Mann auf dem turmartigen Aufbau des Kreuzers tut das gleiche. Sie verstehen sich auch ohne Worte.

Ein weißes Schiff kommt auf ihn zu. Vorn auf dem Turm ein rotes Kreuz im schwarzen Kreisring.

Der Seenotkreuzer!

Rudi Madsen wirft beide Hände hoch. Alle Angst fällt von ihm ab. Man holt ihn. Er kennt diese starken Retter, ist ihnen oft auf der Elbe begegnet. Sie sind so gut ausgerüstet, daß sie mit allem fertig werden, es mit jedem Sturm aufnehmen.

Hundert Meter vor dem Wrack der Orion dreht der Seenotkreuzer auf, zeigt seine Breitseite, stoppt die Schrauben. Aus dem Lautsprecher dröhnt eine Stimme zu ihm herüber: »Bist du verletzt?«

»Nein. Mein Boot ist abgetrieben!« schreit Rudi Madsen zurück.

»Steig vom Achterdeck herunter und warte an der Backbordseite. Wir holen dich mit dem Tochterboot ab. Was Backbord ist, wirst du ja wohl wissen als Segler!«, schallt die Stimme über das Wasser und fügt hinzu: »Los! Mach dich auf den Weg!«

Das muß der Kapitän, der Vormann, sein, denkt Rudi. Viel Zeit mit Worten vergeudet der nicht. Gern hätte er noch gesehen, wie man das Tochterboot aussetzt. Aber er wagt nicht, auch nur ein paar Sekunden länger hier zu bleiben. Mach dich auf den Weg! hat die Stimme gesagt. Und es klang ganz so, als ob sie das auch meinte.

Das kleine Tochterboot liegt fahrbereit auf dem Heck des Seenotkreuzers in einer schrägen Mulde. Es wird gebraucht, wenn das Wasser für den großen Kreuzer zu flach ist. So wie hier. Der Bootsführer und noch ein zweiter Mann steigen ein. Der Bootsführer hebt die Hand, und das kleine Motorboot gleitet mit dem Heck voran ins Wasser.

Die Bergung von Rudi Madsen dauert kaum zehn Minuten. Es ist kein schwieriger Seenotfall. Kein Sturm. Keine Wellen. Der Junge ist unverletzt. Das Tochterboot steuert die Backbordseite des toten Schiffes an, stößt sanft gegen die rost-starrende Bordwand. Ein Mann winkt mit der Hand. Rudi Madsen klettert über die Reling und steigt an Bord. Ein Motor heult auf...

Gerettet!

Auf dem Rückweg zum Seenotkreuzer wird noch die treibende Jolle eingefangen, mit einem Tau gebändigt und hinterhergeschleppt. Keiner sagt was zu Rudi. Die Männer haben zu tun. Dann sind sie am Kreuzer. Das Tochterboot wird wieder in seine Mulde hineingezogen und Rudis Jolle an die Heckreling gebunden.

»Melde dich beim Kapitän!« sagt der Boots-steurer. »Da oben auf dem Turm steht er.«

Rudis Herz hämmert. Was wird der Kapitän sagen?

»Da bist du ja«, sagt er. Nicht mehr. Nach seinem Namen fragt er noch. Ob ihm die Jolle gehört, und wo er zu Hause ist. Und dann schiebt er die beiden Gashebel nach vorn.

Jetzt schaut Rudi Madsen wieder über eine silbern glänzende Wasserfläche. Aber vielleicht glänzt das Wasser nicht ganz so silbern wie auf dem Hinweg. Noch etwas ist anders: Jetzt steht er auf der obersten Steuerplattform eines Seenotrettungskreuzers. Zum ersten Mal. Wenn er sich umdreht, sieht er seine Jolle. Sie folgt dem Kreuzer wie ein Hund an der Leine, schüttelt den Mast hin und her und versucht ab und zu Bocksprünge über die Wellen.

Der Mann neben ihm in dem roten Overall hält das Ruderrad mit einer Hand und schaut schweigsam nach vorn.

Warum sagt er nichts? denkt Rudi Madsen. Oder sind alle Kapitäne von Seenotkreuzern so schweigsam?

Jetzt dreht er sich halb zu Rudi um.

»Na, hast du genug Angst ausgestanden?«

»Ja«, antwortet Rudi Madsen leise.

»Dann brauchen wir für dich wohl nie wieder Kindermädchen zu spielen.« Mehr sagt der Kapitän nicht und schaut wieder nach vorn.

Ein Seenotkreuzer bringt mich nach Hause, denkt Rudi. Dieser Benno Döbel wird mir glauben müssen, daß ich auf dem Wrack war. Auf dem Wrack vor der Küste. Und wenn wer es immer noch nicht glaubt, kann er sich ja bei dem Kapitän der RUHRSTAHL erkundigen.

Sie wohnen hinter dem Deich

Hinter dem Elbdeich duckt sich ein Haus. Ein kleines weißes Haus mit grünen Fenstern und einem allmächtigen Reetdach, das im Sommer die Stuben kühl und im Winter warm hält. Drei magere Kastanien vor dem Südwestgiebel möchten gern Windschutz geben, aber sie wagen ihre Kronen kaum über den Deich zu recken, sind froh, wenn sie selber nicht vom Sturm gerupft werden.

»Glück im Winkel!« steht über der Haustür. Und wer auch immer durch die grünweiße Tür tritt, kommt zu Hinrich und Lene, zu den Geschwistern Glück. Weit über ein halbes Jahrhundert wohnen die beiden Glücks in Nordhusen gleich hinter dem Elbdeich. Das elektrische Licht hat den Weg zu ihnen gefunden, aber sonst machte die moderne Zeit einen Bogen um das weiße Häuschen.

Hinrich ist der kleinere und der jüngere. Ein Jahr fehlt ihm noch, dann hat auch er die achtzig zu fassen. Schwester Lene ist ihm gut drei Jahre voraus. Aber Ingelina Glück, die Mutter der beiden, wurde siebenundneunzig, ehe sie still und mit ablaufendem Wasser von dieser Welt ging. Ihr Mann, Karsten Glück, verlor seinen Frachtewer in einem giftigen Nordseesturm und konnte gerade noch sein Leben retten. Versichert war er nicht. Die paar Spargroschen, die Ingelina im Strumpf hatte, reichten nicht mal für den kleinsten Krabbenkutter. Damit hatte Karstens Seefahrt ein Ende. Er machte das beste aus seinem Pech und richtete in der guten Stube eine Schankwirtschaft ein. Und weil man auf zwei Beinen besser steht als auf einem, wurden noch vier Quadratmeter von der Diele abgeteilt, Tür, Schiebefenster und Schubladen eingebaut. Fertig war der Kramladen. Zwei Kühe, ein paar Schafe und ein Dutzend Gänse rundeten den Unterhalt ab.

Lene ging freiwillig nach Hamburg, um feine Leute in feinen Häusern zu bekochen. Hinrich kam in die Bäckerlehre und wurde danach von einem Kaiser und seinen Generälen in einen sinnlosen Krieg befohlen. Elsa Brandström rettete ihm das Leben. Hinrich brauchte ein langes, schlimmes Jahr, um vom Altaigebirge wieder nach Nordhusen hinter dem Deich zu finden.

Als Karsten Glück sich zum Sterben legte, rief Ingelina die Tochter aus Hamburg zurück, und

Lene kam gern. Eine unglückliche Liebe, sagten die Leute hinter der Hand.

Als »Glück im Winkel« in den dreißiger Jahren zum Wahllokal bestimmt wurde, machte Hinrich nicht viel Umstand, entfernte das Wandbett aus dem Alkoven, ließ eine Glühbirne mit Fassung installieren und stellte ein altes Lehrerpult hinein. Die Wahlurne wurde neben dem Kachelofen aufgestellt. Es konnte gewählt werden. Das Wahlgeheimnis handhabe Hinrich sorgsam. War der Tag da, an dem man sein Kreuz abzuliefern hatte, begleitete Hinrich jeden Wähler zum Alkoven und schloß hinter ihm die Türen. Daß die Beine des Wählers unten zu sehen waren, weil die Türen nur bis zur ehemaligen Betthöhe herunterreichten, richtete keinen Schaden an. »Denn«, so sagte Hinrich Glück, »vom Hosenbund abwärts ist die Wahl ja wohl nicht mehr so geheim«.

Lene besorgt noch heute Haus und Hühner und Kochen, und diese Arbeit wird sie sich auch nicht aus der Hand nehmen lassen. Hinrich ist für das Brotbacken, für Hund und Garten, für Erbsen, Gurken und Kartoffeln zuständig. Natürlich auch für die Pferdebohnen! Jedes Jahr, wenn die Hülsen prall und die großen Bohnen noch jung und zart sind, schreibt Hinrich rechtzeitig eine Karte, und ich darf mir meine Bohnen-mahlzeit abholen.

So kannte ich die beiden lange Jahre.

Und dann kam die Sturmflut 1976. Gleich im neuen Jahr kam sie, zur Mahnung an alle Binnen-deichsbewohner, daß Wind und Wasser auch mit einer Deicherhöhung nicht zu bändigen sind. Die Wetterwarten sagten Orkan und Sturmflut an.

Der Sturm kam von weither und drückte von Westen genügend Wasser durch den Flaschenhals des englischen Kanals. Als er meinte, das könnte wohl ausreichen, drehte er auf Nordwest, trieb das Wasser mit seiner Böenpeitsche in die Deut-sche Bucht hinein und ließ es gegen die Deiche branden. Der Elbtrichter schluckte, was hinein-ging, bis er zum Überlaufen voll war. Nun kochte das Wasser vor Wut, spie Schaumflocken himmel-wärts, schickte die Brandung zum Angriff auf die Außendeiche und ließ gierige Wasserzungen als Vorhut über die Deichkronen stürmen...

So hätte ich es mit eigenen Augen sehen kön-nen.

Aber ich verhielt mich wie die meisten Küsten-bewohner, blieb in der geheizten Stube, ließ mich von Radio und Fernsehen mit den neuesten Durchsagen versorgen und hoffte, daß meine Zie-gel auf dem Dach blieben.

»Wie mag es bei Glück im Winkel aussehen?«
meinte meine Frau gegen ein Uhr nachts. »Die
beiden Alten haben keinen Fernsehapparat. Hast
du mal daran gedacht?« Der Vorwurf in ihrer
Stimme war nicht zu überhören.

Dann wurden die Meldungen bedrohlicher:
Der Meldorfer Sommerkoog läuft voll! Perso-
nenevakuierung abgeschlossen! Viehtransport
noch im vollen Gange! Stöpe Neufeld wird ver-
riegelt.

Neufeld! Hinrich und Lene! Sie wohnen in der
Nähe!

»Ich fahre!« sagte ich zu meiner Frau.

Bis zur Kreuzung Mühlenstraße kam ich ohne
Schwierigkeiten. Dort stoppte ein Polizist meine
gute Absicht.

»Neugierige haben wir genug! Der Deich ist
gesperrt!« sagte er, und sein Daumen zeigte un-
mißverständlich in die Richtung, aus der ich gekommen war. Neugierig — das fehlte mir noch!
Durch das Sturmgetöse brüllte ich ihm meine Sorgen um Hinrich und Lene Glück ins Ohr. Dafür
zeigte er Verständnis. Sein Daumen gab mir den
Weg frei.

»Glück im Winkel« war unbeschädigt, und die
drei mageren Kastanien standen auch noch. Aber
Gischtwolken fegten über das Dach. Wasserzun-

gen schäumten gierig über die Deichkrone. Und kein Licht bei Hinrich und Lene!

War der Strom ausgefallen? Nein, dann hätten sie die Petroleumlampe angezündet. Sollten sie geflüchtet sein, landeinwärts zu Bauer Pink? Auch nicht. Den Pink guckten die beide nicht mehr an, seitdem er ihnen schlechte Saatkartoffeln verkauft hatte. Sie schliefen in ihren Betten und ahnten nichts von der drohenden Gefahr!

All das ging mir durch den Kopf, während ich mit der Faust gegen die Haustür donnerte. Nichts rührte sich! Ich versuchte es mit dem Fenster. Endlich! Im Flur ging das Licht an. Die obere Türhälfte öffnete sich. Hinrich Glücks Kopf tauchte auf. Ein ärgerlicher Hinrich Glück im Nachthemd.

Ich schrie ihm die letzten drohenden Wetterneuigkeiten durch das Türloch. Ob er davon wüßte?

Hinrich schüttelte den Kopf und sah mich ruhig von unten herauf an.

»Das brauch' ich nicht zu wissen! Ich höre es. Wozu wohnen wir hinter dem Deich«, sagte er und: »Keine Stunde mehr, dann ist das Schlimmste vorbei.«

Ich schluckte runter, was ich noch sagen wollte. So viel war gewiß: Um Hinrich und Lene

28

brauchte ich mir keine Sorgen zu machen! Ich wünschte gute Nacht und zwängte mich mitsamt meinen guten Absichten wieder ins Auto.

Eine halbe Stunde später wurden nachlassender Wind und langsam fallende Wasserstände durchgesagt...

Der Nebelaal

Mein großes Erlebnis begann an einem Sonntag im September. Die Aale gingen hungrig an den Wurm heran wie selten um diese Zeit. In aller Frühe streckte ich meinen Kopf schon zum Dachfenster hinaus, um einen Blick auf Wasser und Wetter zu tun. Der Wind war so flau, daß ich ihn nur spüren konnte, wenn ich den angefeuchteten Finger in die Luft hielt. Ich hätte gern eine Windstärke mehr gehabt. Im Osten kletterte die Sonne recht bleich aus einer zerfransten Dunstdecke. Der Hafenpriel, den ich von meinem Ausguck gut überschauen konnte, zeigte noch halbes Hochwasser an. Die Elbe lag glatt wie ein Wachstuch vor meinen Augen. Zwei Schiffe krochen gemächlich auf dieser ebenen Straße nach Cuxhaven.

Am Wetter hatte ich nichts auszusetzen. Ich hoffte nur, daß dieser Tag für mich ein Fangtag sein würde. Genügend Wattwürmer hatte ich am Vorabend bei Hohlebbe auf der Sandbank vor dem Hafenpriel ausgegraben und in unserem Kel-

ler kaltgestellt. Zwar tun es gewöhnlich Regenwürmer auch, aber der kundige Aalfischer wählt
immer den besten Köder. Und das ist nun mal der
zarte Wattwurm, meine ich.

Ein langer Tag voller Abenteuer lag vor mir.
Mein Vater konnte mir nicht dreinreden. Er
fischte mit dem Kutter vor Helgoland. Ich erwar-
tete ihn nicht vor Mittwoch zurück. Und von der
alten Lisbeth, die uns damals den Haushalt führte,
weil meine Mutter gestorben war, ließ ich mir wenig sagen. Sie zeigte mir auch kein freundliches
Gesicht, als ich ihr von meinem Vorhaben
erzählte. Herumtreiberei pflegte sie meine
Fischzüge zu nennen. Das hielt sie aber nicht davon ab, die von mir gefangenen Aale mit großem
Appetit zu verzehren — gleich ob gebraten,
gekocht, geräuchert oder in Aspik. Trotzdem
schmierte sie mir Brote für unterwegs und füllte
eine Flasche mit Kaffee, der so dünn war,
daß man durch ihn hindurchschauen und die
Zeitung lesen konnte. Aber der Kaffee war mir
nicht wichtig: Ich wollte ja den ganz großen Aal
fangen.

Unten am Hafen wartete Pinscher auf mich. Ich
erinnere mich weder an seinen richtigen Vorna-
men noch an seinen Familiennamen. Ich weiß nur
noch, daß er dünne Beine hatte, wenig vom Segeln

verstand, noch weniger vom Fischen, aber ein hilfsbereiter Schulfreund war.

Noch jemand stand am Hafen: Willi Fett, der Hafenmeister und Aalkönig. Auf diese Begegnung hätte ich gern verzichtet. Der Mann hieß zwar »Fett«, aber er war mager wie ein Frühjahrshering. Er trug selbst an den heißesten Sommertagen einen dicken Rollkragenpullover, besaß ein starkgebautes Motorboot mit dem seltsamen Namen »Casimir« und fing von uns allen nicht nur die meisten, sondern auch noch die größten Aale. Schon darum konnte ich ihn nicht leiden. Aber noch übler nahm ich ihm, daß er mich immer mit »Seemann« anredete, und zwar in einem so spöttischen Ton, als würde er mir nicht einmal einen alten Holzschuh zum Segeln anvertrauen.

»Na, Seemann«, quäkte mich der magere Fett an, »wollt ihr nun schon zu zweit auf die armen Aale losgehen? Ich habe da einen guten Dreipfünder in meinem Hüttfaß. Soll ich euch den lieber vorher zeigen, damit ihr auch wißt, wie ein richtiger Aal aussehen muß?«

Und das sagte mir der gemeine Kerl ausgerechnet im Beisein eines Freundes. Ich gab ihm keine Antwort.

Wir hielten uns nicht lange mit den Vorbereitungen auf. Pinscher mußte sich auf die achtere Bank setzen. Ich machte die Leinen los, legte die Riemen ein und ruderte mit langen Schlägen zum Hafen hinaus.

»Seemann!« rief mir Fett noch nach. »Seemann! Segle nicht über Medem Sand hinaus! Die Luft sieht verdammt nach dickem Nebel aus!«

»Jetzt spielt dieser Affe auch noch den Wahrsager«, sagte ich zu Pinscher, »dabei ist die Luft nur ein wenig diesig.«

Draußen im Fahrwasser übergab ich Pinscher das Steuer, um die Segel zu setzen. Mein Boot war nicht gerade ein Renner, so wie sie heute gebaut werden, es war ein kleines, ehemaliges Beiboot. Mein Vater hatte es billig gekauft, selbst aufgetakelt und auch noch selbst die Segel dazu genäht. »Wichtiger als das Boot ist die Art, wie man damit umgeht«, gab er mir dazu noch als guten Rat mit auf den Weg. Der Wind war immer noch flau, aber der Ebbstrom schob kräftig mit, und beides zusammen reichte aus, um uns rechtzeitig nach Medem Sand zu bringen. Weiter wollte ich ohnehin nicht segeln, dazu benötigte ich keine Ratschläge von Willi Fett. Der Wind paßte mir ganz gut. Ich konnte meinem Freund Pinscher gefahrlos das Steuer überlassen und ihm nebenbei erklären, wie man mit Stock, Leine, Bleilot und einem Bund Wattwürmer Aale fängt.

Jetzt schon begann ich Würmer auf einen Faden zu ziehen. Das ist keine angenehme Arbeit, aber sie muß getan werden, wenn man Aale fangen will. Ich fädelte einen starken Wollfaden durch eine Stricknadel, die ich an einem Ende plattge- klopft und durchbohrt hatte. Dann holte ich meine Würmer hervor, begann sie über die Nadel zu streifen und auf den Faden zu reihen. Pinscher verzog angewidert das Gesicht und meinte, das wäre Tierquälerei. »Schau nach vorn«, sagte ich, »und achte auf den Kurs. Ich muß ja die Arbeit machen und nicht du!« Aber ich glaube nicht, daß ich Pinscher überzeugt habe. Er warf keinen Blick mehr auf meine ekelhafte Tätigkeit, und das konnte ich gut verstehen. Aus vier langen Wurm- schnüren wickelte ich vier Bündel. Zwei davon band ich mit dreifachen Knoten an die Bleilote. Die anderen beiden blieben in Reserve.

Eine Stunde vor Niedrigwasser waren wir vor dem Medem-Sand-Hauptpriel. Ich ließ die Segel fallen, setzte die Riemen wieder ein und ruderte durch die Prickenallee weiter in die Watten hin- ein. Dort, wo sich zwei Prielarme kreuzten, wußte ich einen guten Fangplatz.

Bei Niedrigwasser lagen wir vor Anker. Eine

Stunde mußten wir noch warten, bevor das Wasser hoch genug gestiegen war, um uns die ersten Aale zu bringen. Ich nutzte die Zeit, um meinem Freund Pinscher den letzten Schliff zu geben.

»Zuerst wickelst du genügend Leine von deinem Stock ab und tastest damit die Wassertiefe aus«, erklärte ich. »Vergiß nicht, dein Bleilot von Zeit zu Zeit auf den Grund zu stoßen, damit du weißt, ob die Würmer auf dem Schlick liegen. Der Aal, besonders der große Aal, wandert nämlich unten am Grund entlang. Wenn er anbeißt, zerrt er an dem Wurmbund, und du spürst über Schnur und Stock ein Zucken in den Händen. Laß ihm noch ein paar Sekunden Zeit, damit er sich gut festbeißen kann. Dann zieh hoch, aber nicht zu schwungvoll, sonst fällt dein Aal auf der anderen Bootsseite wieder ins Wasser.«

Pinscher nickte. Na, ich würde ja bald sehen, ob er es richtig machte.

Den ersten Aal fing ich. Ich hätte mich auch geärgert, wenn es anders gekommen wäre. Er wog ein gutes halbes Pfund, schätzte ich.

»Das ist ein dicker!« jubelte Pinscher.

»Nur ein guter Brataal, die ganz dicken wollen wir erst noch fangen«, dämpfte ich seine Begeisterung und riet ihm, auf seine Angel zu achten, sonst würde er den ersten Anbiß verpassen. Ich hatte kaum ausgesprochen, da riß Pinscher auch schon seinen Stock hoch. Ein guter Aal schwebte im Bogen über die Bootsbreite hinweg, ließ auf der gegenüberliegenden Seite seine Wurmbeute los und verabschiedete sich wieder ins Wasser.

»Ärgere dich nicht unnötig«, tröstete ich ihn, »es schwimmen noch mehr Aale in der Elbe herum.«

Von nun an bekamen wir alle Hände voll zu tun. Eine Stunde lang zogen wir Aale ins Boot, kleine, große und ab und zu auch eine Wollhand-krabbe. Diese Biester mochte ich nicht, weil sie mit ihren Scheren die Wurmschlingen durchknei-fen. Ich mußte zugeben, Pinscher lernte schnell. Als er dann den prächtigen Einpfünder sicher über die Bordkante hob, tanzte er vor Begeiste-rung oben auf der Sitzbank herum.

»Benimm dich nicht so kindisch!« fuhr ich ihn an. *Den* Aal hätte ich selber gern gefangen. Das sagte ich ihm aber nicht.

Danach hatten wir lange Zeit keinen rechten Anbiß mehr. Wir aßen ein Brot, schätzten unse-ren Fang ab, banden Reservewürmer an die Lote und verlegten dann unser Boot in flacheres Was-ser. Ich ruderte, Pinscher holte den Anker auf und warf ihn auf mein Kommando wieder aus. »Mehr Leine!« rief ich ihm zu. Pinscher löste den Knoten steckte Leine aus und machte sie wieder am Bug-ring fest. »Hast du auch einen anständigen Kno-ten gemacht?« fragte ich.

»Klar!« antwortete Pinscher.

Es wäre besser gewesen, wenn ich den Knoten überprüft hätte. Ich sah mich um. Die Luft wollte mir nicht mehr gefallen. Aus dem leichten Dunst war Nebel geworden. Noch lag er wie ein Schleier über dem Wasser. Aber schnell konnte daraus ein undurchsichtiger Brei werden. Sollte Willi Fett etwa mit seiner Prophezeiung recht behalten? Ich überlegte. Was sollte ich tun? Den Anker einho-len und mit der letzten Flut nach Hause segeln? Oder sollte ich noch eine Stunde zugeben? Es war ja nicht sehr weit bis in den Hafen. Mit unserer Beute konnten wir uns schon sehen lassen. Aber Pinscher hatte den größten Aal gefangen und nicht ich… Und dann dachte ich an den Riesen-aal, auf den ich gerade heute hoffte. Ich gab eine Stunde zu.

Es fing gleich gut an mit zwei Halbpfündern, die ich sicher ins Boot bringen konnte. Dann holte Pinscher zwei Aale mit einem Wurf heraus. Und kaum hatte er sein Lot wieder auf den Schlick-grund gesenkt, da lehnte er sich weit zurück — und ein schwerer Aal klatschte auf die Bodenbret-ter. Eineinhalb Pfund wog der Prachtbursche

mindestens. Ich knirschte heimlich mit den Zäh-
nen. Ein Anfänger fischte mir die besten Aale vor
der Nase weg! Aber dann zuckte es in meinen
Händen… Einmal. Zweimal. Schon wollte ich
hochziehen, da wurde mein Bambus von einem
wilden Ruck nach unten gerissen. Ich packte den
Stock ganz fest an. Aber der unten im Wasser
ruckte und zog so grimmig, als wollte er mich
über die Bordwand zerren.

»Pinscher!« schrie ich. »Laß deinen Stock fallen
und hilf mir! Ich habe da einen ganz, ganz großen
Aal an der Leine! Nimm eine Ecke vom Segel und
faß zu, wenn ich ihn über der Bordwand hab'.«
Ich wickelte die Schnur um meine Hand und zog.
Zog mit aller Kraft. Aber der da unten im Wasser
zog auch mit aller Kraft. Endlich gab sich der Aal
geschlagen. Sein schwarzer glänzender Leib
tauchte auf, dick wie ein Regenrohr, kam es mir
vor. Ich konnte ihn eben über den Bootsrand zerren. Und bevor Pinscher zugreifen konnte,
schnellte sich der Riese mit einem wütenden
Schwanzschlag von allein ins Boot.

Wir schrien nicht. Wir jubelten nicht. Wir
starrten beide stumm vor Staunen auf diesen
Monsteraal, auf einen Aal, der einem eigentlich
nur im Traum begegnen kann. Alle anderen waren
nur armselige Regenwürmer gegen ihn.

»Pinscher«, sagte ich heiser, »Pinscher — schau dir das an: Dieser Satan hat das ganze große Wurmbündel verschluckt!«

Alles um uns herum hatten wir bei diesem Kampf vergessen. Jetzt erst sah ich, was ich schon längst hätte sehen müssen: Dichter Nebel hüllte uns ein! Keine Sonne, kein Himmel, keine Küste, keine Pricken mehr — wir konnten sehen und waren doch blind.

»Wie kommen wir jetzt nach Hause?« fragte Pinscher und sah mich ängstlich an.

»Wir müssen vor Anker warten, bis der Nebel sich lichtet«, konnte ich ihm nur zur Antwort geben. Und diese Antwort gefiel mir selber nicht.

»Aber meine Eltern... Sie werden sich Sorgen machen. Wir wollten doch vor Dunkelheit zurück sein.«

Ich mußte ihm die Wahrheit sagen. »Es kann Nacht werden oder wieder Morgen, bevor wir im Hafen sind«, erklärte ich bedrückt. »Wenn wir uns nicht von der Stelle bewegen, sind wir hier sicher. Bei diesem Nebel kommt kein Sturm auf.«

Pinscher schluckte und hielt krampfhaft die Tränen zurück. Um ihn machte ich mir mehr Sorgen als um mich. Bei ihm würde es Ärger geben, das war sicher. Ich hatte es besser. Mein Vater war auf See, und mit der alten Lisbeth würde ich schon fertig werden. Die hatte sich daran gewöhnt, daß ich ab und zu mal spurlos verschwunden war.

Der Riesenaal hatte die Würmer wieder herausgewürgt. Glänzte sein Rücken jetzt nicht wie blankes Silber? Nein, er schimmerte eher geheimnisvoll fahlblau wie ein Elmsfeuer. Fing ich schon an zu spinnen? Ich kniff die Augen zusammen: Der Rücken war schwarz und der Bauch gelbweiß, wie es sich für einen Aal gehört.

Aber dann wurde ich stocksteif vor Schreck! Das durfte nicht wahr sein! Die Ankerleine! Die Ankerleine war nicht mehr am Bugring befestigt! Ich beugte mich weit über den Bug hinaus: Kein Tau zeigte mehr schräg ins Wasser. Das lag jetzt zusammen mit dem Anker irgendwo auf dem Grund des Priels.

Die Gedanken wirbelten in meinem Kopf herum: Der Knoten muß sich gelöst haben! Meine Schuld... Nicht kontrolliert... Wann kann es geschehen sein... Keinen Resserveanker an Bord... Wir treiben — treiben im Nebel, ohne zu wissen, wohin...

Ich glaube, ich schwitzte trotz des naßkalten Nebels. Nimm dich zusammen! rief ich mir in Gedanke zu. Du bist nicht zum ersten Mal hier draußen. Du kennst das Watt. Überlege, was du tun kannst!

Was konnte ich tun? Ich konnte feststellen, ob wir uns im flachen Wasser oder im tiefen Prielbett befanden. Mit dem längsten Bambusstock fühlte ich keinen Grund. Also waren wir noch im Priel. Und ein Blick auf die Uhr sagte mir, daß der erste Ebbstrom schon lief. Dann wußte ich auch, wie es weiterging. Wir trieben aus dem Medem Sand heraus, und der Strom schob uns in das Hauptfahrwasser. Waren wir da angelangt, wurde es gefährlich, dann würde unsere Reise in Richtung Nordsee gehen. Aber noch war es nicht so weit. Bis dahin mußten wir an vielen Buschpricken vorbeitreiben, und vielleicht glückte es, unser Boot an einer festzumachen. Zuerst mußte nach Pricken Ausschau gehalten werden, und Pinscher sollte dabei helfen. Vier Augen sahen mehr als zwei. Pinscher hatte von meinen letzten Sorgen nichts bemerkt. Er kauerte zusammengekrümmt auf der achteren Sitzbank, stützte die Ellenbogen auf die Knie und hielt den Kopf in den Händen vergraben.

»Pinscher«, sagte ich, »da ist uns noch was Dummes passiert...« Und dann erklärte ich ihm, was geschehen war und was wir gegen unsere mißliche Lage unternehmen konnten. Pinscher nahm es ruhiger auf, als ich dachte.

Wir versuchten die undurchdringliche Nebelmasse, die uns wie ein klebriger Brei vorkam, mit den Blicken zu durchbohren. Wir kniffen die Augen zu schmalen Schlitzen zusammen und spähten rundum. Mal war ich es, der glaubte, eine Pricke entdeckt zu haben, mal war es Pinscher. Aber jedesmal hatten wir uns getäuscht.

Dann meinte ich plötzlich ein leises Pochen und Tuckern zu hören. »Still!« sagte ich. Wir lauschten. Das Pochen und Tuckern blieb. »Das könnte ein Motorboot sein«, sagte ich hoffnungsvoll. Wieder horchten wir eine Weile angestrengt. Das Geräusch wurde lauter, kam näher.

Dann ertönte ein Hornsignal. Zweimal und noch zweimal. Den quäkenden Klang kannte ich.

»Das ist Willi Fetts alte Tute!« schrie ich. »Jetzt müssen wir ein Signal geben, damit er unsere Richtung findet.« Ich hatte kein Horn an Bord, aber ich hatte etwas anderes. In wilder Hast schüttete ich die letzten Würmer aus dem Blecheimer, nahm mein schweres Bordmesser als Schlegel und begann zu trommeln: Ping, ping, ping, ping...

Pause. Horchen. Das Motorgeräusch wurde leiser. Drosselte Willi Fett den Motor? Weil er uns gehört hatte und noch einmal genau horchen wollte, um die Richtung festzustellen?

Ping, ping, ping, ping...

Ja, der Motor wurde wieder lauter. Tuut! Tuut! Tuut! rief Willi Fetts Tute ganz nahe. »Hierher!

Hierher! Hier sind wir!« schrien wir so laut wir konnten.

Dann schob sich ein großer dunkler Schatten langsam an uns heran. Holz knirschte auf Holz. Dicht an der Bordwand ein Rollkragenpullover, Gesicht, Mütze — Willi Fett! »Macht die Leine fest und kommt zu mir an Bord«, sagte er ruhig. Er brauchte es nicht zweimal zu sagen. Wir hatten es so eilig mit dem Übersteigen, daß wir beide gleichzeitig auf den Rand unseres kleinen Bootes kletterten. Es legte sich weit auf die Seite, und das Wasser lief hinein.

»Na, da hätten wir euch ja wieder, aber es hat eine Weile gedauert, bis ich euch gefunden habe«, sagte Willi Fett. Und in seiner Stimme war kein Spott.

Jetzt erst fiel mir mein Riesenaal ein. Willi Fett würde aus dem Staunen nicht herauskommen, wenn er den zu sehen kriegte.

»Ich habe da einen ganz großen Aal gefangen. Seine sieben Pfund wiegt der mindestens«, sagte ich leichthin.

»Was? Sieben Pfund? Den Aal muß ich sehen!« rief Willi Fett und machte so hungrige Augen wie unser Kater, wenn er einen Räucherfisch riecht.

Wir holten mein Boot dicht längsseits, ich stieg über und schöpfte erst mal das Wasser aus. Dann suchte ich nach meinem Aal. Suchte und suchte. Hob die Bodenbretter. Suchte verzweifelt. Den Eineinhalbpfünder entdeckte ich. Auch den Einpfünder. Aber mein Riesenaal war verschwunden.

Ich weinte und konnte nichts dagegen tun.

»Er muß abgehauen sein, als wir überstiegen und mein Boot so schräg lag, daß es Wasser machte«, schluchzte ich, und erzählte, was uns passiert war.

»So wird es wohl gewesen sein«, sagte Willi Fett und legte mir die Hand auf die Schulter. »Ich glaub' dir. Trotzdem hätte ich gern mal einen Siebenpfünder gesehen.« Er starrte in den Nebel hinein. »Und — wenn du wiedermal einen Freund mitnimmst, mach den Ankerknoten selber.«

Dann stellte er den Motor an, befragte den Kompaß und steuerte die »Casimir« vorsichtig in den Nebel hinein.

Pinscher ist nie wieder mit mir zum Fischen hinausgefahren. Und ich habe nie wieder einen Siebenpfünder gesehen — wie meinen Nebelaal...

Georg Krohn

Dreimal kam er in die Zeitung.

Das erste Mal, als er in späten Jahren seine Vermählung anzeigte mit Mariechen, geborene Kranz. Das zweite Mal, als er ein Held wurde. Und das dritte Mal, als seine Reise nach dem Tod einige Rätsel aufgab.

Georg war ein kleines Männchen mit grauem Haarkranz, Raubvogelprofil und einem schmalen Mund, der nicht viele Worte herausließ. Das Reden übernahm Mariechen, die einen Kopf größer und doppelt so breit war. Kinder hatten sie nicht.

GEORG KROHN, UHRMACHERMEISTER, stand in strengen schwarzen Buchstaben auf einem Schild neben der Ladentür, und das Schild glänzte fleckenlos weiß. Mariechen seifte es jeden Freitagmorgen ab und polierte es blank. Sonst glänzte nichts an der Hausfassade. Der Putz war stumpfgrau, und wo er abbröckelte, zeigten die Mauersteine ihr rotes Fleisch.

Ein Schaufenster gab es nicht, denn Georg ver-

kaufte keine Uhren. Er reparierte sie, und es gab
Uhren genug, die nicht laufen wollten. Das Fenster zur Straße hin war breiter als hoch. Eine eng-
maschige Gardine machte die untere Hälfte für
Neugierige undurchsichtig. Hinter der Gardine
stand ein Tisch mit allerhand kleinem Werkzeug
darauf, hinter dem Tisch saß Meister Krohn, und
hinter ihm tickten die Uhren, die er wieder zum
Leben erweckt hatte.

Das zweite Fenster der Werkstatt zeigte zum
Schwarzen Weg hin, der sich zwischen Georgs
grauem Haus und Glindmeyers Gemüsehand-
lung durchzwängte. Auch hier war die untere
Scheibenhälfte mit einer Gardine verhängt. Und
auf dieses Fenster hatten wir es abgesehen!

Zuerst mußten wir die Dunkelheit abwarten.
Sobald unser Späher meldete, daß Georgs Fenster hell waren, zogen wir los. Der lange Willi
Bostel aus der siebenten Klasse schielte über die
Gardine. Saß Georg mit krummem Rücken an
seinem Tisch und stocherte in den Eingeweiden
einer Uhr herum, hob Willi die Hand. Es konnte
losgehen!

Was wir brauchten, hatten wir mitgebracht:
eine frische Kartoffel, rund, nicht zu groß und
nicht zu klein, einen handlangen Holzstab, etwas
dünner als der kleine Finger, ein Knäuel Dra-

chenschnur, eine Schachtel Reißzwecken und ein scharfes Klappmesser. Jürgen Waller hielt die Taschenlampe. Otto Nikolaus, der die geschicktesten Hände hatte, spitzte den Holzstab, schnitt ein paar Widerhaken an, damit unser Klöppel nicht abrutschte, und stieß ihn in die Kartoffel. Das andere Holzende kerbte er ein und knotete eine gut fingerlange Bandschlaufe daran. Zuletzt befestigte Otto die Drachenschnur eben über der Kartoffel.

Dann wurde Jürgen an die Hausecke geschickt. Die Straße mußte für kurze Zeit menschenleer sein, denn kein Erwachsener durfte im kritischen Augenblick in den Schwarzen Weg einbiegen. Ein kurzer Blink mit der Lampe signalisierte, daß die Luft rein war.

Sofort nahm der lange Willi den kleinen Otto auf die Schultern, baute sich neben dem Fenster auf, und Otto tat, was zu tun war. Er klemmte die Bandschlaufe behutsam mit einer Reißzwecke am oberen Fensterrahmen fest und setzte den Kartoffelklöppel geräuschlos auf die Scheibe. Wir anderen leiteten die Drachenschnur über Glindmeyers Dachrinne bis an die Hausrückwand. Dort stellte sich der Operateur hinter die leeren Gemüsekisten. Alle anderen versteckten sich in der öffentlichen Bedürfnisanstalt auf der gegenüberliegen-

49

den Straßenseite und beobachteten das graue Haus durch den Türspalt.

Ein Pfiff!

Der Operateur zog mit wohlabgemessenen Zügen an der Leine. Der Klopfgeist begann an Georgs Fensterscheibe zu hämmern.

Bum, bum, bum! Pause. Bum, bum, bum! Pause. Bum, bum bum...

Drei Klopfserien, länger dauerte es meistens nicht. Dann schoß ein zorniger Georg aus der Ladentür, drohte mit einem Handfeger in alle Richtungen, drehte sich dabei wie ein Kreisel und schrie:

»Wohr di wech, oder ick brenn di een!«

Die finstere Drohung, wir sollten uns davonmachen, sonst zöge er uns eins über, wurde nie wahrgemacht. Denn keiner der Ruhestörer ließ sich je erwischen.

So blitzartig wie Georg auftauchte, verschwand er auch wieder. Ein hocherhobener Handfeger war das letzte, was wir von ihm zu sehen bekamen. Dann schlug die Tür zu.

Georg trat immer nur einmal auf. Selbst wenn unser Geist weiterklopfte, ließ er sich kein zweites Mal am selben Tag aus seiner Werkstatt locken. Dieses Spiel trieben wir in gewissen Zeitabständen fast ein Jahr lang, nur um den drohend erhobenen Handfeger zu sehen und »Wohr di wech, oder ick brenn di een« zu hören.

Georg lebte ein zweites Leben aber kein anrüchiges, das er verbergen mußte: Er fischte. Frühmorgens, nachts, an Sonn- und Feiertagen. In den Monaten Mai, September und Oktober, wenn der Aal lief, klemmte er ab und zu einen Pappdeckel unter das weiße Schild, auf dem stand: Heute geschlossen. Morgen frische Aale.

Sein Boot lag im Alten Hafen gleich hinter dem Krabbenschuppen, ein seltsames Wasserfahrzeug, schwarz geteert, vorne und hinten gleich rund, ohne den gewohnten Schiffsbauch in der Mitte. Die Besitzer lackglänzender Segelyachten lachten darüber und nannten es »Georgs Brikett«, eine Bezeichnung, die das Äußere treffend charakterisierte. Nur Georgs kleinen Benzinmotor betrachteten sie mit Respekt, denn er war der einzige Motor im Alten Hafen, der immer ansprang, wenn er gebraucht wurde.

Für seine Fischzüge zog Georg die langen Stiefel an. Die Schäfte reichten ihm bis zu den Hüften hinauf, so daß er sie mit einer um den Nacken geschlungenen Leine vor dem Abrutschen sichern mußte. Als Kopfbedeckung trug er einen breitkrempigen Strohhut, denn blaue Seglermützen mit goldgestickten Ankern verabscheute er. Die

Leute hatten sich an Georgs Aufzug gewöhnt und schüttelten längst nicht mehr die Köpfe, wenn seine Langschäfter mit ihm zum Hafen stiefelten. Denen, die am Quai herumlungerten, warf er im Vorübergehen ein kurzes »Moin!« zu und stieg, ohne sich aufzuhalten, in sein Brikett.

Zuerst setzte er die Ruderpinne ein, die er vorsorglich nach jeder Fahrt herauszog und mit nach Hause nahm, damit sich kein Unbefugter an seinem Boot vergriff. Dann schloß er den hölzernen Motorenkasten auf, nahm den Deckel ab, griff mit flinken Händen hierhin und dahin, spritzte irgendeine Füssigkeit in den Vergaser, setzte die Kurbel ein, drehte einmal, zweimal, dreimal – und er lief!

»Georgs Nähmaschine kommt auf Anhieb. Wie macht er das bloß?« sagten die Hafenbuttjes neidvoll und sahen ihm nach, wie er krummrükkig, den Arm auf die Pinne gestützt, die Hafenausfahrt ansteuerte. Nicht allein die Kunst, einen widerspenstigen Benziner zum Laufen zu überreden, auch sein Glück beim Aalfang war ihnen ein Rätsel. Wenn sie in leere Eimer schauten, hatte Georg seinen voll.

»Die Aale laufen ihm nach. Er hat etwas von einem Rattenfänger an sich«, sagten sie mit widerwilliger Bewunderung.

Sie versuchten alles, fuhren ihm hinterher, fischten in seiner Nachbarschaft, um von seinem Glück zu profitieren. Aber die Aale wollten sich nur von Georg fangen lassen. Er zog einen nach dem anderen aus dem bleiernen Elbwasser, und bei ihnen ging kaum einer an den Wurm. Gelang Georg ein besonders gewichtiger Fang, lüftete er seinen Strohhut und verbeugte sich in ihre Richtung, als wollte er sich bedanken, daß sie den Prachtaal zu ihm geschickt hatten. Georg konnte auch boshaft sein.

»Er behext den Fisch! Es kann nicht anders sein«, sagten sie und gaben es auf.

Georg bewahrte seine Fänge in einem Hüttfatt auf, einem Holzkasten, der an einer Kette im Wasser schwamm und sich mit Ebbe und Flut senkte und hob. Durch viele kleine Bohrlöcher konnte das Wasser einströmen und dünne Aal-jünglinge in die Freiheit flüchten. Ein Hänge-schloß sicherte die Einfüllklappe, und den Schlüssel dazu trug Georg an einem Schlüsselring.

Eines Tages war das Schloß erbrochen und das Hüttfatt leer. Georg kniff die Lippen zusammen, verlor kein Wort, zog den Kasten bei Springflut an Land, schaffte ihn mit der Schiebkarre zum Schmied und ließ drei starke Bandeisen herum-schmieden. Und eigenhändig konstruierte er ein monströses Hängeschloß mit einem fingerdicken Schließbügel.

»Georg hat sich eine Schatztruhe gebaut«, spottete man am Alten Hafen. Aber von da an gab es keine unerwünschten Teilhaber mehr.

Wenn Georg Aale verkaufte, ruhte die Uhrmacherei. Der Handel fand draußen auf dem Hof statt, und er hatte seine feste Kundschaft. Die Ware wurde lebend nach Größe sortiert in flachen Holzkästen dargeboten. Georg, eine grüne Schürze um, holte die gewünschten Exemplare ob dick oder dünn mit einem eisernen Fingergriff heraus, schlachtete sie und zog ihnen blitzschnell die Haut ab. Mariechen wog, wickelte ein, kassierte, besorgte das Reden. Und niemand regte sich darüber auf, daß ein Uhrmacher Aale statt Uhren verkaufte.

Dann kam der Eiswinter. Der Frost setzte spät im Januar ein und holte bald nach, was er vorher versäumt hatte. Gräben und Fleete froren zu, wir schnallten die Schlittschuhe an. Auch der Alte Hafen bekam sein Teil ab. Aber durch das Auf und Ab des Tidenhubs dauerte es länger, bis das Eis zu einer festen Decke gefror.

Georg machte sich Tag um Tag mit der Spitzhacke daran, das Eis rund um den Bootsrumpf herum kleinzuschlagen, damit die Planken vom

Preß nicht lecksprangen. Auch seinem Motor tat er Gutes. Er ließ beizeiten das Kühlwasser ab und wickelte ihn in Decken ein, bevor er die Holzhaube wieder darüberstülpte.

Der Frost dauerte an. Auf der Elbe mußten die Schiffe sich durch knirschende Schollenfelder schieben, und Georg hackte sich durch den Februar hindurch bis in den halben März hinein. Die Blutblasen an den Händen mehrten sich, und sein Rücken wurde noch krummer.

»Georg umhegt sein Brikett wie ein Kind. Kommt davon, wenn man keine eigenen hat«, sagten sie am Hafen.

Der Mondwechsel drehte den Wind von Ost auf West herum, und der Westwind brachte Tauwetter mit. Georg konnte aufatmen, und wir packten die Schlittschuhe weg. Es dauerte zehn Tage, bis die Eisdecke im Alten Hafen aufbrach. Die Schollen gerieten in Bewegung, und ein gefährlicher Sport, das »Eisschollen schippern«, wurde Mode. Er blieb den älteren Jungs vorbehalten. Wir trauten uns nicht und begnügten uns mit dem Zugucken.

Zwei Gymnasiasten aus der Elften waren darin besonders geschickt. Sie sprangen von Scholle zu Scholle hafenauswärts, wo das Eis lockerer lag, suchten sich eine größere Eisinsel aus und schoben sie mit langen Stöcken voran. Rechtzeitig vor der Hafenausfahrt wollten sie ihr Schiff in die Bucht vor Mole IV dirigieren und ans Ufer springen. Wir begleiteten ihre Seereise von Land aus, und unsere Bewunderung wuchs, je weiter sie kamen.

Dann ging es ganz schnell. Plötzlich löste sich ihre Eisscholle vom übrigen Feld, nahm Fahrt auf, blankes Wasser um sie herum schnitt ihnen den rettenden Sprung ab, und der harte Ebbstrom sog sie in das Elbfahrwasser hinaus.

Nach dem ersten Schreck rannten wir auf den Deich zu, um Hilfe zu holen, aber wie man helfen konnte, wußten wir nicht. Ein paar Leute waren am Hafen, denen wir die Unglücksnachricht schon von weitem zuschrien. Einer von ihnen rannte zur Gastwirtschaft hinauf, dort gab es ein Telefon. Alle anderen beratschlagten aufgeregt.

In diesem Augenblick kam Georg über den Deich, erfuhr, was geschehen war, hielt sich nicht mit dem Wort auf, stieg in sein Brikett. Der Motor dankte die Fürsorge, hustete ein paarmal, sprang an und lief rund. Jetzt wollten alle mitfahren und helfen. Aber Georg winkte ab. »Boot wird unnötig schwer, brauch'n leichtes.« Und dann zeigte sein belächeltes Brikett, was es leisten konnte, schob sich mit seinem hochgereckten Löffelbug über die Eisränder, kippte die Schollen an und drückte sie verächtlich beiseite. Georg ließ ihm seinen Willen, bewegte das Ruder nur sparsam, und der Benziner schnurrte zufrieden. So gewann er in einer Viertelstunde die Ausfahrt.

Er entdeckte die beiden sofort. Sie trieben mit ihrer Insel im Fahrwasserstrom dreihundert Meter elbabwärts zwischen dem weißen Leuchtturm und der Strandhalle: Zwei dunkle Gestalten auf weißem Feld, die flehend die Arme schwenkten. Georg schaute nach rückwärts. Hinter Mole IV kam nichts aus der Schleuse. Eine Sorge war er los. Auslaufende Schiffe brachten zusätzliche Schwierigkeiten, weil sie das Eisfeld mit ihren Bugwellen durcheinanderwirbelten.

»Sie haben noch Glück im Unglück. Hoffentlich drehen sie nicht durch und kippen die Scholle. Muß mich beeilen«, murmelte er und gab vorsichtig mehr Gas.

Die Schollen kreiselten im reißenden Ebbstrom, und während sie sich jagten, knufften und aneinander rieben, knirschten sie zornig. Die Spalten zwischen ihnen öffneten und schlossen sich schnell, und ebenso schnell zickzackte Georg zwischen ihnen hindurch. Sein Brikett steckte die Schläge des Eises gleichmütig ein, als wüßte es, daß es nicht ohne Prügel abgehen würde. Es dauerte eine halbe Stunde, bis Georg in Rufweite war.

»Bleibt in der Mitte und rührt euch nicht. Bin gleich da!« rief er ihnen zu. Sie gehorchten, nahmen die Arme herunter und wurden steif. Georg legte so sanft an, als wollte er den Eisrand streicheln. Dann nahm er den Zeigefinger.

»Du zuerst«, sagte er, »und du bleibst, wo du bist! Sonst kippt die Scholle.« Das begriffen sie, und die Übernahme ging glatt. Auf der Rückfahrt saßen die beiden Seefahrer nebeneinander auf der Mittelbank mit gesenkten Köpfen und Gesichtern, die immer noch von der Angst gezeichnet waren. Sie brachten kein Wort heraus, und Georg war es recht so.

Im Alten Hafen wartete eine schweigende Menge auf ihre Ankunft. Georg schickte die Jungs an Land, versorgte den Motor, schloß den Kasten ab und zog die Pinne heraus. Wie immer. Dann wollten ihm alle die Hand drücken, und der Fotograf nahm ihn ins Visier.

»Schon gut«, sagte Georg, drehte sich verschreckt um und verschwand eilig hinter dem Deich.

»Im heldenhaften Einsatz zwei Schüler aus Lebensgefahr gerettet!« hieß die Schlagzeile in der Zeitung. Darunter ein Foto von Georg, wie er mit

verkniffenem Mund und krummem Rücken miß-
trauisch in die Kamera schaute, die Ruderpinne
unter den Arm geklemmt. Dann kam eine he-
roische Schilderung der Rettungstat mit Einzel-
heiten ausgeschmückt, von denen Georg nichts
wußte. Er weigerte sich, den Artikel zu Ende zu
lesen. Aber Mariechen las ihn. »Jetzt bist du ein
Held«, sagte sie.

»Das hat mir gerade noch gefehlt«, war Georgs
bissige Antwort.

Die großen Blumensträuße von den dankbaren
Eltern mußte Mariechen entgegennehmen. Georg
ließ sich nicht blicken. Und den ganzen Nachmittag über klingelte die Ladentür, Kunden, die
Uhren brachten, zum nachsehen, putzen, entstau-
ben, und was nicht alles. Sie hofften aus berufe-
nem Mund eine dramatische Geschichte zu hören
und mußten mit Mariechen vorlieb nehmen.
Georg hatte sich in der Küche verkrochen.

»Können sie mich denn nicht in Ruhe lassen?«
sagte er mutlos. Aber etwas Gutes kam für Georg
dabei heraus: Der Klopfgeist stellte ab sofort
seine Tätigkeit ein. Wir beratschlagten noch am
selben Abend und entschieden einstimmig, daß
ein Held nicht geärgert werden durfte.

Es geschah im Jahr darauf, Ende Oktober und
in der Nacht von Samstag auf Sonntag. Eine der

angenehmen Nächte, mit denen sich der zehnte Monat verabschieden kann, wenn er an den Sturmmonat November übergibt. Die Temperatur lag zwischen warm und kalt, die Leuchtfeuer zeigten scharfe Ränder, und der Wind wehte stetig aus West mit Stärke zwei.

Eigentlich war die Aalsaison schon vorbei. Nur Nachzügler, die zu lange in den kleinen Flüssen herumgetrödelt hatten, strebten noch dem Meer zu. Georg wollte einen letzten Versuch machen, fuhr gegen Abend mit fallendem Wasser in Richtung Elbmündung, um mit steigender Flut den Aal abzupassen. Er käme am frühen Morgen zurück, nicht später, sagte er zu Mariechen, als er aus der Tür ging.

Am Alten Hafen war es still geworden. Die meisten Segelboote hatten aufgeslippt, ihre Kapitäne saßen im Gasthof »Zur Fernsicht« und erzählten sich haarsträubende Seeabenteuer, die sie sich gegenseitig nicht abnahmen. Nur Gustav Allmers, der Krabbenfischer, sah Georg über den Deich huschen mit der Ruderpinne unter dem Arm. Kurz danach lief der Motor, und er legte ab.

»Das lohnt sich nicht mehr, Georg«, hatte er ihm noch nachgerufen, keine Antwort bekommen und keine erwartet. Könnte so gegen sieben Uhr gewesen sein, gab Gustav später an.

Es wurde Sonntagmorgen. Georg kam nicht. Der Vormittag verging, der Mittag kam, aber Georg kam nicht. Mariechen wurde unruhig und ging zum Alten Hafen, was ihr sonst nie einfiel. Georgs Brikett lag nicht an seinem Liegeplatz, und weit und breit war kein einkommendes Boot zu sehen. Nun wußte Mariechen sich nicht mehr anders zu helfen, als zur Polizei zu gehen. Die Polizei meldete Georgs Verschwinden an den Wasserschutz weiter. Wasserschutzboot und Zollkreuzer machten sich gemeinsam auf die Suche, der eine elbaufwärts, der andere elbabwärts. Sie suchten die kleinen Häfen ab, in die ein Boot mit Motorschaden eingelaufen sein konnte, fuhren an den Sänden entlang und schauten, soweit es der Tiefgang erlaubte, in die Prielmündungen hinein. Vergeblich.

Georg *kam* zurück, nach Sonnenuntergang, auf dem Deck eines Kümos, mit einer Flagge zugedeckt, und sein Brikett folgte ihm gehorsam an der Schleppleine.

»Merkwürdige Geschichte«, berichtete der Kümo-Kapitän später. »Wir fanden ihn draußen bei Elbe III. Saß zusammengekrümmt, Kopf auf der Brust, Ellenbogen auf der Pinne, Hand um den Knopf geschlossen, als ob er schlief und im Schlaf seinen Kurs hielt. Aber der Motor lief nicht, das Boot trieb mit dem Strom. Irgend etwas kam uns nicht geheuer vor. Wir gingen vorsichtig längsseits, und der Bootsmann stieg über: Der Mann schlief nicht — er war tot und der Benzintank war leer. »Mir ist ein Rätsel«, sagte er kopfschüttelnd, »wie ein Boot, von einem Toten gesteuert, zwanzig Meilen zurücklegen kann, durch das eingeschnürte Fahrwasser bei Cuxhaven kommt bis nach Elbe III hinaus, ohne daß es einem Schiff vor den Bug gerät und überrannt wird.«

»Einwandfrei Herzschlag«, stellte der Arzt fest. »Nichts Ungewöhnliches in seinem Alter. Aber wie eine Leiche sich vierzehn Stunden — denn so lange ist er ungefähr tot — sitzend am Ruder halten kann, dürfte ein medizinisches Rätsel sein.«

Es wurde eine große Beerdigung. Die Zeitung brachte wiedermal einen spektakulären Artikel mit einem Bild von Georgs verwaistem Brikett und einem unpassenden Vergleich mit dem »Fliegenden Holländer«.

Es war gut, daß Georg ihn nicht mehr lesen konnte.

Sie nannten ihn Ovambo

Er unterrichtete Geschichte und Englisch, trug Tag um Tag den gleichen Bleyleanzug, graublau, ausgelaugt, ohne Bügelfalten. Sie vermuteten, daß er drei Anzüge derselben Machart im wöchentlichen Wechsel anzog, sonst hätte er wohl gestunken. Aber er stank nicht, und niemand wagte ihn nach der Anzahl seiner Bleyleanzüge zu fragen.

Wer ihn nur einmal sah, vergaß ihn gleich wieder. Es war nichts Bemerkenswertes an ihm, wenn man nur auf sein Äußeres schaute. Und doch wurde er an der Schule zu einer legendären Gestalt.

Redete er sich in Begeisterung, streute er Spukkeflocken vor sich her, und in Begeisterung redete er sich immer, wenn es um England und die englische Lebensart ging. Sie brauchten ihm nur ein Stichwort zu geben, dann breitete er Englands Macht und Herrlichkeit vor ihnen aus, hörte widerwillig beim Pausenklingeln auf und vergaß die

Hausaufgaben. Das fanden sie bald heraus. Er wurde ihr Klassenlehrer.

Seinen Spitznamen bekam er gleich in der ersten Woche während einer Englischstunde. Eigentlich hatten sie nichts in der Geographie zu suchen und in Afrika schon gar nichts, aber jemand erwähnte das Wort Gibraltar. Sofort begann er eine Reise von England über Gibraltar, Malta, durch den Suezkanal, quer durch Afrika an die Westküste, bis sie sich im Busch verirrten und bei einem Negerstamm landeten: den Ovambos. Er spuckte und schwärmte: hochgewachsen, von edler Gestalt wären diese Ovambos, Superathleten im Hochsprung, sie übersprängen die Zweimeterhöhe, mühelos, fast aus dem Stand, den Kopf weit voraus gereckt.

Bisher waren sie mit der germanischen Rasse traktiert worden und hatten wenig über Neger gehört, wußten kaum mehr, als daß jene eine dunkle Hautfarbe hatten und recht primitiv lebten. Aber mühelos zwei Meter! Und das aus dem Stand! Die Klasse ließ ein ketzerisches Gemurmel hören.

Und dann - was sollte das geben? Er zog die Jacke aus. Er ging in die Ecke zurück bis zum Kartenständer. Wollte er etwa die Kopfvoraus-Hochsprungtechnik dieser sagenhaften Ovambos hier im Klassenzimmer vorführen? Er beugte die Knie, streckte sich, spannte seinen gedrungenen Tonnenkörper und — schoß, den Kopf unnatürlich weit voraus gereckt, auf eine atemlose Klasse zu. Auf den ersten Bänken duckte man sich. Wollte er an die Decke springen? Oder über die Köpfe der Schüler hinweg? Sie erfuhren es nie.

Anstatt sich vom Boden zu erheben und in die Höhe zu schrauben, worauf alle gespannt warteten, glitt er auf dem gebohnerten Linoleum aus, schlitterte den Kopf voraus auf dem Bauch durch den Mittelgang und prallte hörbar gegen den Fuß von Döbel Nagels Sitzbank. Nach einer Schrecksekunde sprang der lange Döbel auf und stellte seinen Lehrer wieder auf die Beine.

»Bin eben kein Ovambo…«, murmelte er benommen, und das Blut aus der Stirnplatzwunde zog rote Streifen über sein Gesicht. Niemand wagte zu lachen. Döbel versuchte mit seinem nicht ganz sauberen Taschentuch das Blut zu stoppen und marschierte mit ihm zum Arzt.

Seitdem nannten sie ihn Ovambo.

Der lange rothaarige Döbel aus Friedrichskoog III holte häufig in den Schulstunden den versäumten Nachtschlaf nach. Das hing mit der väterlichen Gastwirtschaft zusammen, in der er oft noch spätabends Bier ausschenkte. Hellwach war er immer im Musikunterricht, nicht etwa, weil er musikalisch war, sondern weil er bei dem gutmütigen Opa Dommes ungefährdet eine Skatrunde auf der letzten Bank organisieren konnte.

Ovambo behandelte Döbel seit dem mißglückten Hochsprung recht freundschaftlich und nachsichtig wie ein guter Onkel seinen etwas leichtsinnigen Neffen. Er ließ ihn in Ruhe, wenn Döbel wiedermal in der Gastwirtschaft eine lange Nacht abgedient hatte, und auch sonst fragte er ihn nur dann, wenn er sicher sein konnte, eine passable Antwort zu erhalten. Döbel war in Ovambos Unterrichtsstunde lammfromm, ganz gegen seine sonstige Gewohnheit.

Dabei war die erste Begegnung zwischen den beiden hochdramatisch verlaufen.

»Der neue Klassenlehrer soll einen Dachschaden haben«, berichtete Döbel eines Morgens begeistert. Wahrscheinlich hatte er das Gerücht in der Gaststube aufgelesen. »Er wurde im Krieg in einem Unterstand verschüttet und gasvergiftet. Seitdem tickt er nicht mehr so richtig.« Döbel wertete das als einen ungewöhnlich günstigen Umstand und beschloß die erste Stunde bei dem Neuen gleich mit einem Skat zu beginnen.

Ovambo schien lange Zeit nichts zu bemerken. Erst am Beginn der zweiten Stundenhälfte spurtete er pfeilschnell auf die Skatecke zu. Döbel fegte zwar im letzten Moment die ausgespielten Karten von der Platte, aber das machte die Situation nicht besser.

»Aufsammeln«, sagte Ovambo ruhig.

Döbel klaubte die Karten vom Fußboden auf. Was kam jetzt? Die Klasse wagte kaum Luft zu holen. Das konnte ja nicht gutgehen! Ein Büßermarsch zum Direx war das wenigste.

»Jeder steckt sein Blatt wieder zusammen wie es bei Spielbeginn war und zeigt es vor. Aber nur mir!« forderte Ovambo.

Zögernd wurden die gewonnenen Stiche unter den Hosenböden hervorgeholt, die Karten ausgetauscht und zusammengesteckt. Was kam nun?

Ovambo studierte reihum die Karten und fragte interessiert: »Was wird gespielt?«

»Er spielt Herz.« Brillen-Numsen zeigte auf Döbel Nagel.

Moppel Pannemann, der dritte Skatkumpan, saß mit knallrotem Gesicht da und wagte sich nicht zu bewegen. Er dachte an das häusliche Strafgericht, das kommen mußte, wenn diese Sache ruchbar wurde. Sein Vater, »Peitsche« Pannemann, war nicht nur sehr streng — er war auch noch Lehrer an ihrer Schule.

»Wie hoch wurde gereizt?« erkundigte sich Ovambo.

»Dreißig«, brummte Döbel mit Grabesstimme.

»Dreißig??« Ovambo schaute mit ärgerlich gerunzelter Stirn auf Döbels Karten.

Ja, und dann mußten die drei Skatlöwen unter seiner Aufsicht das Spiel spielen. Danach machte er Döbel Nagel aus Friedrichskoog III ganz fürchterlich herunter, weil er einen unverlierbaren Null ouvert nicht ausgereizt hatte. Kein Armsündergang zum Direx. Keine Eintragung ins Klassenbuch. Keine kassierten Spielkarten. Er setzte die Sünder nicht mal auf die vordersten Bänke um, wie es sonst Mode war.

»Nee, einen Dachschaden hat der nicht«, sagte Döbel in der Pause anerkennend. »Wer so gut Skat spielt wie der…« Und von da an spielte er seinen Schulskat nur noch bei Opa Dommes.

Wir gewöhnten uns an Ovambo, an seine Bleyleanzüge und an seinen englischen Tick.

Im Sommer, wenn die Hausaufgaben störten, weil das Wetter zum Baden einlud, war Ovambos Tick besonders nützlich. Irgendeiner brauchte dann nur die »englische Frage« zu stellen. Zum Beispiel: Ist es wahr, daß Admiral Nelson vor einer Seeschlacht das Fernrohr an sein blindes Auge setzte?

Dann hatte Ovambo sein Stichwort, und die Englisch- oder Geschichtsstunde wurde zum Abenteuer. Er begann die Ruhmestaten von Admiral Nelson so anschaulich zu schildern, daß die Klasse glaubte dabeizusein. Sie blockierten den Hafen von Brest, kaperten französische und spanische Handelsschiffe, verfolgten die Franzosen mit vollen Segeln bis zu den Westindischen Inseln. Die Pause hindurch formierten sie sich für die Schlacht von Trafalgar. In der nächsten Stunde sprachen die Kanonen, stürzten die Masten, sprangen die Entermannschaften über. Beim zweiten Pausenklingeln enterten sie gerade den riesigen spanischen Dreidecker Santa Anna, konnten aber den Sieg nicht vollenden, weil der nächste Lehrer auftauchte, um seine Stunde anzutreten. Es half nichts, Ovambo mußte die Klasse verlassen, drehte sich in der Tür noch einmal um und rief ihnen zu: »Trafalgar war ein grandioser englischer Sieg, der Englands Seemacht für ein weiteres Jahrhundert festigte — nicht vergessen! — Entschuldigung, Herr Kollege! Ha-hem...« Der Kollege schaute ihm kopfschüttelnd nach, und die Klasse war wiedermal ohne Hausaufgaben davongekommen.

So müßte man fröhlich weiter erzählen können, eine Geschichte, an die sich jeder später gern erinnert mit einem Ovambo, der in Ehren pensioniert wird, und ehemaligen Schülern, die seine Schrullen und den englischen Tick stillvergnügt an die eigenen Kinder weitergeben. Es kam anders.

Ein halbes Jahr später brauchten sie sich nicht mehr über fremde Kriege zu ereifern. Sie bekamen ihren eigenen Krieg. Krieg mit Polen, Krieg mit Frankreich, Krieg mit England, Krieg mit halb Europa. Dazu Fanfaren, Sondermeldungen, Wochenschauen und Siege natürlich — viele Siege. Und viele Schüler und Lehrer zogen graugrüne, schwarze oder blaue Uniformen an.

Ovambo blieb. Ovambo kam weiter in Bleyle. Er war zu alt für die Uniform. Und außerdem gab es ja noch den Schaden, den Dachschaden vom Krieg davor.

Jetzt konnten sie mit den anderen Lehrern über den Krieg reden, die ganze Stunde hindurch. Jetzt vergaßen auch die anderen Lehrer die Hausaufgaben.

Mit Ovambo ist nichts mehr los, darin war sich die Klasse einig. Ovambo war uninteressant geworden. Er hielt sich streng an das Thema des Unterrichts. Keine Seeschlachten mehr und keine englischen Ausflüge. Nur schaute er jeden einzelnen von ihnen an, als wollte er sich ihre Gesichter für lange Zeit einprägen. Manchmal verlor er den

Faden seines Satzes, starrte geistesabwesend durch ein Fenster auf den Sportplatz hinaus, schreckte auf, als hätte er Schlimmes gesehen und fand nur mühsam zu seinem Thema zurück.

Döbel Nagel spielte keinen Skat mehr in der Schule, er hatte Wichtigeres zu tun: Döbel führte eine Karte von Europa mit Pfeilen und Kreuzen und kleinen und großen Kreisen, die jeden Tag geändert werden mußten für Truppenbewegungen, Angriffe, Panzerspitzen und eroberte Städte. Diese Karte brachte er mit, wenn die Fanfaren eine besonders wichtige Spitze oder einen dicken eroberten Kreis gemeldet hatten.

Nur Ovambo wollte keinen Blick auf Döbels Karte werfen. Er winkte ab und führte ein Selbstgespräch über Bismarcks Innenpolitik. Niemand hörte ihm zu, und er wußte das.

»Der alte Knacker taugt nicht mal mehr für das letzte Aufgebot«, sagte Döbel. Jedenfalls würde er der erste sein, der aus der Klasse verschwände. Wetten? Er hätte sich schon bei der Panzertruppe gemeldet. Freiwillig.

Zuerst ging Ovambo. Der englische Tick. Noch einmal, zum letzten Mal.

Der Anlaß war ein besonders dicker Kreis in Norwegen, ein Kreis um Narvik herum. Der brachte Ovambo zum Reden. »Krieg«, sagte er,

»ist die Geißel der Menschheit, seitdem sie von den Bäumen stieg. Mit Steinbeilen fing es an, und jetzt sind wir bei den Bomben angelangt, die aus der Luft geworfen werden. Und sie treffen die Unschuldigen. Der Sieger will kassieren, und der Verlierer soll zahlen. So wird die Rechnung aufgemacht. Der Held wird mit Orden abgefunden, die Toten werden verscharrt, und den Müttern bleiben die Tränen. Das ist Krieg!« Ovambo legte beide Hände über den Kopf, als wollte er die einstürzende Bunkerdecke abwehren. Wie damals. Ob wir denn nichts gelernt hätten aus der Geschichte? Ob er uns denn nur Jahreszahlen beigebracht hätte? Nur Jahreszahlen? Nichts anderes? Wichtigeres? Er ging durch die Bankreihen, schaute flehend in unsere steinernen Gesichter. Die Landkarte sollten wir uns ansehen, nur die Landkarte. Deutschland in der Mitte, eingekreist von allen Seiten. Rundherum mögliche Feinde. Wie schon einmal. In seinem Krieg. Auf die Räume käme es an! Auf die Rohstoffe! Er zählte auf: Afrika, Kanada, Australien, Indien, das ganze englische Empire. Und dann Amerika, das riesige Amerika. Amerika würde England nicht im Stich lassen. Wie schon einmal. In seinem Krieg...

»Nein«, sagte Ovambo, »wir können diesen

Krieg nicht gewinnen.« Er schüttelte verwirrt den Kopf, als sei ihm klargeworden, welche Ungeheuerlichkeit er eben ausgesprochen hatte.

Der nächste Lehrer kam. Ovambo ging und murmelte leise vor sich hin: »Sie glauben mir nicht. Keiner. Wie sollten sie auch. Nicht mal die Erwachsenen...« Dann sagte er laut: »Entschuldigen Sie, Herr Kollege, es kommt nie wieder vor.«

Es *kam* nie wieder vor.

Am übernächsten Tag wurde Ovambo aus der Schule geholt. Von zwei Herren in Zivil. Döbel Nagel fehlte an diesem Tag. Auf dem Schulhof redete man viel, von Verhören, Wehrkraftzersetzung und von Konzentrationslagern. Niemand wußte etwas Genaues. Ein englischer Tick war lebensgefährlich geworden und die Wahrheit auch. Aber ein »Dachschaden«, erworben im Krieg davor, bewahrte Ovambo vor dem Schlimmsten. Er wurde zwangspensioniert mit sofortiger Wirkung. Fünf Monate später gab er sich selber den Tod.

Als erster ging Moppel Pannemann aus der Klasse, um nie wiederzukommen: vermißt.

Als letzter verschwand Döbel Nagel. Er durfte keine schwarze Panzeruniform anziehen, dafür die graugrüne der Infanterie. Döbel kam wieder, spät, nach langer Gefangenschaft, mit nur einem Arm.

Heute ist Döbel Nagel Lehrer, aber bald wird man ihn pensionieren, in Ehren pensionieren. Man wird ihn für seine Verdienste um Schule und Schüler loben und natürlich auch für seine Haltung als aufrechter Demokrat.

Daß er seinen Lehrer verriet? Niemand wird ihn nach Ovambo fragen. Heute.

Master next god

Ein Nachmittag Anfang Oktober. Es war wind-
still. Der Dunst hing über der Elbmündung und
verschmolz Himmel und Wasser.

Der Hafenpriel zweigte fast rechtwinklig von
der Elbe ab, war gut achthundert Meter lang, und
bei Hohlebbe schrumpfte er zu einer schmalen
Fahrrinne. Bald nach der Einfahrt dehnte er sich
zu einem weiten Sack, zog sich hinter dem alten
Krabbenschuppen wieder zusammen, machte
einen sanften Bogen und wurde dann jäh von der
Schleuse gestoppt. Dahinter quälte er sich noch
einen Kilometer weiter und ging in einen Torfka-
nal über, den Segelyachten, die ihren Mast legen
konnten, gelegentlich für romantische Reisen be-
nutzten. Ein Stück Landschaft, in der die Moderne noch nicht viel verändert hatte.

Sie kamen jeden Tag, die vier, um die gleiche
Stunde, hintereinander, in strenger Reihenfolge:
Kapitän, Maschinist, Bootsmann, Matrose. Man
konnte die Uhr danach stellen. Sie setzten sich auf

die Deichbank, der Kapitän rechtsaußen, schauten auf die Elbe hinaus und schwiegen. Wenn es regnete oder stürmte, zogen sie Ölmäntel an und stülpten die Südwester über wie ehedem zu ihrer Zeit.

Die vier Mumien, so nannte man sie. Der Bootsmann mit dem faltenlosen, runden Gesicht, den rastlosen Händen und zweihundertzwanzig Pfund Lebendgewicht war eher das Gegenteil. Auch der Kapitän entsprach nicht dem respektlosen Vergleich. Die goldenen Ringe auf den Ärmeln seines blauen Jacketts hatte er abgetrennt, aber er hielt sich straff, und die wachen Augen strahlten immer noch Autorität aus. Der Matrose, lang und dürr mit verwittertem Gesicht, verriet mit seinen sehnigen Armen und den breiten Schultern, daß er noch nicht zur Mumie taugte. Nur der Maschinist hielt sich gebeugt, die pergamentene Haut und der oft abwesende Blick zeigten das Ende des Weges an.

Strandgut, dachte man, wären sie, Überbleibsel einer vergangenen Zeit, als nebst Gott der Kapitän Herr und Meister war. So war es und so war es nicht. Kaum etwas an der Elbmündung entging ihren wachsamen Augen. Sie wußten alles über Wasser und Winde, über Ebbe und Flut, über

Motor-, Dampf- und Segelschiffe. Und sie wußten, was der andere wert war.

Sie gehörten zum Deich wie die Schafe zum
Vorland und die Möwen zum Himmel. Sie strahlten eine Würde aus, die niemand anzutasten
wagte.

Der Pfeifenstiel des Kapitäns zeigte auf einen
dünnen schwarzen Strich, der sich eben aus dem
Dunst herausschob.

»Da kommt er!«

Er bekam keine Antwort, denn was er sah, sahen die anderen auch. So blieben die Worte in der
Luft hängen wie einst die selbstverständlichen Be-
merkungen, die er auf der Brücke gemacht hatte:
Es brist auf oder das Barometer fällt.

Noch vor vier Jahren hatten sie zu fünft auf
der Deichbank gesessen, linksaußen der Lehrer.
Der hatte nicht zur See fahren dürfen, was er ein
Leben lang bedauerte. Farbenblind. Von einem
Tag auf den anderen starb seine Frau, und sechs
Wochen später mußten sie den Lehrer unter die
Erde bringen. Da war noch ein spätgeborer-
ner Sohn, ein fröhlicher junger Mann. Um den
kümmerten sich die vier Übriggebliebenen,
gaben ihm ein Zuhause, ließen ihn studieren.
Lehrer wollte er werden wie sein Vater, und
er wäre es auch wohl geworden, aber dann

kam das mit dem Rauschgift. Jetzt war auch er tot.

»Es bleibt bei heute?« Die heisere Stimme des Maschinisten hatte einen leicht fragenden Ton, als fürchtete er sich vor der endgültigen Entscheidung.

»Ja«, antwortete der Kapitän. Er hatte das letzte Wort.

Inzwischen war die Segelyacht mit kahlem Mast unter Motor in den Hafenpriel eingelaufen. Ein Mann von gut vierzig Jahren in blauer Leinenhose und weißem Rollkragenpullover legte das Neun-Meter-Schiff sanft an das Bollwerk, machte die Leinen fest und stellte den Diesel ab. So ging das alle vierzehn Tage. Samstags kam sie im Laufe des Nachmittags unter Segeln oder mit Motor, je nach dem, ob der Elbstrom mit oder gegenan lief. Nur ein Mann war an Bord. Und immer derselbe.

Warum verbrachte dieser Mann so viele Wochenenden in einem verschlafenen Hafenpriel in Gesellschaft von ein paar Hobby-Fischern, deren Boote von ihren Besitzern je nach Geldbeutel und Geschmack abenteuerlich zusammengeschustert worden waren. Gewiß, im Gasthof »Zum Elbblick« gab es hochgelobte Krabbenbrote, täglich frisch, der Aal in Aspik hatte die richtige Ausge-

wogenheit zwischen sauer und süß, und der
Eiergrog brauchte den Vergleich mit dem be-
rühmten helgoländer Gebräu nicht zu scheuen.
War es das? Die vier Alten hatten noch einen anderen Grund herausgefunden.

»Gehen wir«, sagte der Kapitän und stand auf,
nachdem er zuvor einen Blick auf die Uhr geworfen hatte.

Ihr gemeinsames Haus lag hinter dem Deich,
ein alter Reetdachbau, an dem sie wenig verändert
hatten. Sie wurden auch hinter dem Deich gebo-
ren, alle vier, besuchten dieselbe Schule, fuhren
die Hälfte ihres Lebens auf demselben Schiff über
die Meere, kehrten in ihr Dorf zurück, gemeinsam, am gleichen Tag. Gelegenheit zu einer Ehe
hatte sich bei ihnen nicht ergeben. Sie setzten
nur selten einen Fuß an Land. Als es mit der Seefahrt vorbei war, taten sie sich zusammen, kauf-
ten gemeinsam das Haus und lebten dort als Besatzung wie ehemals auf dem Schiff. Der Matrose
war für Reinschiff und Garten zuständig, der
Bootsmann für Reparaturen, Anstrich und Be-
sorgungen, der Maschinist für Küche und Pro-
viant. Der Kapitän übernahm die Geldgeschäfte
und hielt ein Auge auf alles. Wie einst an Bord
ordneten sie sich seiner letzten Entscheidung
unter.

Um eben nach zehn kam der Bootsmann von seinem Deichposten zurück.

»Er sitzt jetzt in der Gaststube«, meldete er.

»Um halb zwölf wird er an Bord gehen, aber wir müssen uns vergewissern«, sagte der Kapitän.

»Mach *ich*«, antwortete der Bootsmann.

In der Gaststube des Elbblicks waren nur wenige Tische besetzt wie meistens um diese Jahreszeit. Die Saison war vorbei, die Segelboote wurden aufgeslipt, und der Hafenpriel rüstete sich für den Winterschlaf. Der Schiffer der BARRACUDA, so stand es am Heck der eleganten Kunststoffyacht, saß allein an seinem Tisch, und der Wirt versorgte ihn mit den Köstlichkeiten des Hauses. In den Sommermonaten war die Gaststube voller, dann mußte er Gesellschaft in Kauf nehmen, und eine Unterhaltung ließ sich nicht vermeiden. Aber er war kein Schwätzer, gab keine haarsträubenden Segelabenteuer zum besten. Er hörte meist zu und ließ die anderen reden. Man hatte ihn gefragt, warum er denn ausgerechnet dieses Schlickloch so oft mit seinem Besuch beehrte und die Nachtstunden auch noch mit Angeln vergeudete. Dafür gäbe es gute Gründe, hatte er geantwortet. Krabbenbrot und Aal in sauer, vom Eiergrog gar nicht zu reden, dazu die wohltuende Stille eines kleinen Hafens

und die gedämpften Geräusche des Schiffsver-
kehrs auf der Elbe wären genau das, was seine
Nerven nach vierzehn Tagen Im- und Export
brauchten. Diese Erklärung schien die Neugieri-
gen zu befriedigen, keiner fragte mehr.

»Er geht an Bord«, meldete der Bootsmann um
halb zwölf.

»Dann wird es Zeit«, sagte der Kapitän.

Die ALOHA lag in der Krümmung achtzig Meter
landeinwärts vom alten Krabbenschuppen an ihrem Steg vertäut. Mit elf Metern Länge, einer be-
häbigen Breite von vier Metern und einem starken
Diesel war der Kutter ein seetüchtiges Fahrzeug.
Das weißgescheuerte Teakholzdeck, die naturlak-
kierten Aufbauten und blankpolierte Messingbe-
schläge zeugten von sachkundiger Pflege. Der
Kutter gehörte den Vieren zu gleichen Teilen, und
es schien als hielte er sich abseits der Menge wie
seine Eigentümer.

Alles ging ohne ein Wort ab. Jeder wußte, was
er zu tun hatte. Kapitän und Maschinist stiegen an
Bord. Dem Matrosen wurde ein Eimer zuge-
reicht, dessen Tragbügel mit Kabelgarn umwik-
kelt war. Der Bootsmann zog einen rechteckigen
Holzkasten mit vielen kleinen Löchern an Land,
in dem Aale in ihrem gewohnten Element leben-

dig aufbewahrt wurden. Er entriegelte das kräftige Vorhängeschloß, öffnete die Klappe, hob den schweren Kasten mühelos an und füllte den Eimer, den der Matrose ihm hinhielt, zu dreivierteln mit sich windenden Aalen. Während der Bootsmann den Kasten verschloß und ihn geräuschlos wieder ins Wasser gleiten ließ, gab der Matrose den Eimer an Bord und warf die Festmacheleinen los. Dann setzten beide den Kutter vom Steg ab, gaben ihm einen kräftigen Schwung voraus und sprangen an Bord.

Von der letzten Flut geschoben glitt die ALOHA wie ein Schatten lautlos auf die Schleuse zu. Dreißig Meter vor der schwarzen Wand fierte der Bootsmann Hand über Hand einen Heckanker ins Wasser. Dann legte er mit dem Matrosen zusammen den Mast um, betteten ihn in eine hölzerne Schere, so daß er wie ein überlanger Zeigefinger auf das Schleusentor wies. Der Bootsmann machte sich daran, den Stahldraht des Vorstags mit einer Mischung aus Schweineschmalz und Rindertalg einzufetten, die er eigenhändig zubereitet hatte. Sorgsam strich er um den Draht herum, keinen Fleck auslassend, stippte von Zeit zu Zeit in die Schmiere und pfiff dabei eine unhörbare Melodie. Der Matrose holte ein braunes Vorsegel mittlerer Größe aus der Segellast, begann die

Stagreiter mit der gleichen Sorgfalt und derselben Schmiere zu behandeln, hakte sie nacheinander über das Vorstag und band das Segelbündel zusammen. Dann richteten sie gemeinsam den Mast wieder auf und holten das große Beiboot längsseits, in dem alle vier Platz hatten. Die Tide kenterte, die ALOHA drehte sich langsam um den Heckanker und richtete ihren Bug hafenauswärts.

Der Mond hatte sich hinter einer geschlossenen Wolkendecke verschanzt, die Nacht war schwarz, ein sanfter Wind strich von Land zu Wasser.

Um Viertel nach zwölf zogen die vier ihre Handschuhe über, setzten mit dem Beiboot an Land und tauchten hafeneinwärts in der Finsternis unter.

Um halb eins setzte der Skipper der BARRACUDA sein Schlauchboot aus, legte zwei Angeln hinein und einen zylinderförmigen Kunststoffender, weiß mit blauer Kappe, ruderte hafeneinwärts am Krabbenschuppen vorbei, bis er die erleuchteten Fenster des Gasthofs in Sicht hatte. Dann warf er den kleinen Bootsanker aus, brachte seine Angeln zu Wasser und wartete, bis der Wirt die letzten unentwegten aus der Gaststube scheuchte und die Lichter löschte.

Kurz nach eins kamen die vier zurück, tasteten sich ins Beiboot und setzten zur ALOHA über. Der Matrose heißte die Fock, die geräuschlos am Vorstag emporglitt. Das Fett tat seine Schuldigkeit. Er holte sie dicht, und sobald sie Wind fing, zog der Bootsmann Hand über Hand den Heckanker hoch. Der Kutter nahm Fahrt auf. Vom Wind gezogen und von der Ebbe geschoben glitt er wie ein Schemen durch die Nacht der Hafenausfahrt zu. Draußen an der Fahrwassertonne starteten sie den Diesel und machten die Positionslaternen an.

Es war am nächsten Morgen gegen acht Uhr, als der Hafenmeister, ein handfester Mann, zwei Beine in gelben Gummistiefeln über den Dollbord von Paul Schellhorns verwaistem Boot hängen sah, sich nicht lange besann und an Bord sprang.

»Zwei Minuten später war er schon wieder an Land, hastete die Deichschräge hinauf und donnerte mit der Faust gegen die Tür vom »Elbblick«, bis sie von einem ärgerlichen Wirt im Morgenmantel geöffnet wurde. Bevor dieser den Mund aufmachen konnte, hatte der Hafenmeister ihn schon beiseite geschoben, rannte an das Telefon, wählte die Nummer des örtlichen Polizeipostens und gab seine Botschaft durch. Danach bat er um einen Korn, einen doppelten, berichtete dem Wirt, was er entdeckt hatte, und der eilte ins Schlafzimmer, um sich anzukleiden. Er wollte sich mit eigenen Augen überzeugen.

Der Apparat war in Gang gesetzt. Der Ortspolizist leitete die Meldung umgehend an die Kriminalpolizei weiter, und die wies ihn an, sich sofort an den Tatort zu begeben, um dafür zu sorgen, daß nichts berührt oder verändert wurde. Sie könnten frühestens in einer Stunde da sein. Und in einer Stunde waren sie da, zwei Autos und sechs Mann.

Ein Kriminalkommissar und ein Obermeister, Experten in Sachen Gewalt mit Todesfolge, stiegen in Schellhorns Boot, das eben hinter dem Krabbenschuppen im Windschatten lag.

Mit den Beinen über der Bordkante, mit den Schultern auf dem Gummiwulst und dem Kopf im Schlauchboot, so lag er da. Sein Kopf, leicht nach vorn abgeknickt, war auf einem weißblauen Fender gebettet, als sollte ihm die ewige Ruhe bequemer gemacht werden. Die geöffneten Augen schauten blicklos ins Leere. Auf dem Wollsweater zeichnete sich in Brusthöhe ein Fleck ab, und als der Kommissar den Sweater nach oben schob, kam ein blutiges Unterhemd zum Vorschein. Der Mann war tot.

»Dieser Fender…«, sagte der Obermeister nachdenklich.

»Was ist mit ihm?« Der Kommissar zündete sich mit den geübten Händen des starken Rauchers eine Zigarette an. Der Obermeister war Nichtraucher.

»Kann mir nicht vorstellen, daß er im Tode so drauf gefallen sein könnte. Sieht mir eher danach aus, als hätte man ihm das Ding nachträglich unter den Kopf geschoben.«

»Da können Sie recht haben. Lassen wir erst mal die anderen ran.« Der Kommissar winkte dem Fotografen. Ebenfalls ein Experte, man brauchte ihm nicht zu sagen, was er zu tun hatte. Er wiederum wurde von den Fingerabdruckexperten abgelöst, deren akribische Arbeit etwas mehr Zeit in Anspruch nahm. Danach wurde die Leiche an Land getragen, auf eine Trage gebettet, und der Arzt begann mit seiner Untersuchung.

Der Obermeister drehte den Fender zwischen den Händen. Es war einer der handelsüblichen, gut vierzig Zentimeter lang, zwölf stark, weiß mit blauer Kappe und einem eingespleißten Festmacher im Auge. Schien ziemlich neu zu sein, zeigte keine Kratzer und Schmutzspuren vom häufigen

Gebrauch. Er wollte ihn schon aus der Hand legen, da fiel ihm ein feiner Riß am Übergang von weiß zu blau auf, und er strich mit dem Daumen darüber. Es fühlte sich wie eine Stoßfuge an, die um den Fender herumlief. Da stimmte was nicht! Er klemmte den Zylinder zwischen die Schenkel, holte den zusammengeklappten Zollstock aus der Brusttasche, schob ihn als Hebel durch das Auge und versuchte zu drehen, linksherum. Die blaue Kappe ließ sich abschrauben, er griff in die Höhlung hinein, zog einen Plastikbeutel mit weißer Pulverfüllung heraus, hielt ihn hoch und gab ihn wortlos an den Kommissar weiter.

»Stoff«, sagte der Kommissar. »Also darum geht's.«

Die Untersuchung des Arztes ergab, daß der Mann dem ersten Augenschein nach mit einem runden, spitzen Instrument — er sagte tatsächlich Instrument — erstochen worden war. Fünf Einstiche, zwei davon ins Herz, die hätten schon genügt. Seltsam, wirklich sehr seltsam. Und was die Todeszeit anginge, nicht vor ein Uhr. Vorläufige Schätzung natürlich.

Der Kommissar zog ein Bordmesser aus der Hosentasche, klappte den Spleißdorn auf. Als Segler ohne Boot aber begeisterter Mitfahrer hatte er dieses stabile Allzweckwerkzeug immer dabei.

»Damit vielleicht?«

»Möglich«, sagte der Arzt. »Genaueres nach der Obduktion.«

Dann wurde die Leiche mit einem Tuch abgedeckt, sauberes weißes Leinen, und die beiden Fingerabdruckexperten schoben die Bahre von hinten in den Kombi.

Nun wendete sich der Kommissar an den Hafenmeister, der die Betriebsamkeit unbehaglich beobachtete, die kalte Pfeife im Mund. Fragen mußten gestellt werden, und der Kommissar hatte die Angewohnheit, sie kurz nacheinander herauszustoßen, so daß dem Befragten wenig Zeit für Überlegungen blieb.

Ob er den Toten kenne? Ja, so wie man eben jemanden kennen würde, der alle vierzehn Tage im Hafen läge. Er als Hafenmeister hätte das Liegegeld zu kassieren, und gelegentlich wechselte man bei Fiete Krey ein paar Worte. Wer Fiete Krey wäre? Der Wirt vom Elbblick. Aha. Von dort aus hätte er auch die Polizei angerufen. Um welche Zeit? Eben nach acht müßte das gewesen sein.

Verzeihung, mischte sich der Ortspolizist in das Verhör, der Anruf wäre um vier Minuten nach acht durchgekommen. Auf die Minute genau. Er steckte das Notizbuch in die Innentasche seines Uniformjacketts zurück. Und nochmals Verzeihung für die Unterbrechung. Es gäbe keinen Grund sich zu entschuldigen, nun wüßte er, daß sich der Hafenmeister wahrhaftig beeilt hätte. Ob er etwas angefaßt oder verändert hätte am Tatort? Der Kommissar schaute den Hafenmeister an. Nein, ganz bestimmt nicht. Die Leiche angefaßt? Unbewußt, so im ersten Schreck? Auch nicht. Er wüßte, daß man die Finger davon lassen sollte.

Der Hafenmeister zündete die Pfeife an, zog kräftig, stopfte nach und sog nach dem fünften Zug genußvoll den Rauch ein. Der Kommissar klopfte unschlüssig auf seine Hosentasche, seufzte resigniert, steckte die nächste Zigarette an. Der Obermeister wartete mit Notizbuch und Kugelschreiber darauf, daß es weiterging. Er stenographierte mit. Kein wichtiges Wort durfte verloren gehen.

Ob der Mann regelmäßig gekommen wäre, ging es weiter. Ja, alle vierzehn Tage und immer am Samstag. Jemals ausgesetzt? Nur bei Kuhsturm und vor zwei Jahren im Winter solange die Elbe Treibeis führte.

»Haben Sie jemals —« Der Kommissar ließ seine Zigarettenkippe fallen und bohrte sie mit der

Hacke in den Grund — »jemals etwas bemerkt, was auf Rauschgifthandel hindeuten könnte?«

Der Hafenmeister nahm die Pfeife aus dem Mund. »Nein.«

Das reiche vorläufig. Ob er noch etwas hätte, wandte sich der Kommissar an den Obermeister.

Ja, hätte er. Wem das Boot da gehöre? Der Obermeister zeigte auf das vernachlässigte Fahrzeug, an dem das Schlauchboot vertäut war. Das gehöre Paul Schellhorn, immer noch. Wo man den erreichen könnte? Auf dem Friedhof. Wäre gestorben vor zweieinhalb Jahren. Sein Haus sei verkauft, die Witwe nach Lübeck verzogen zu ihrer Tochter. Nur sein Boot läge noch am alten Liegeplatz. Wollte keiner haben. Wieder eine Möglichkeit weniger.

In diesem Augenblick zog die ALOHA am Krabbenschuppen vorbei, der Kapitän am Ruder. Langsam, mit Motor, steuerte sie ihren Liegeplatz an. Matrose und Bootsmann standen an Deck. Keiner hatte einen Blick übrig für die ungewöhnliche Versammlung am Hafen.

Ein bildschöner Oldtimer wäre das, eine wahre Augenweide, ritt der Kommissar wieder sein Steckenpferd. Wasser und allem, was darauf schwamm galt seine private Leidenschaft. Wem der Kutter gehöre? Den vier Mumien. Der Hafenmeister gebrauchte unwillkürlich den Spitznamen. Mumien? Na ja, vier alten Seeleuten in Rente, hätten eingefahrene Gewohnheiten, aber ihre Seemannschaft wäre immer noch hervorragend, müßte er zugeben.

»Die gucken wir uns an«, sagte der Kommissar, griff zur Zigarette, schüttelte den Kopf, steckte sie wieder weg und machte sich auf den Weg Richtung Schleuse. Der Obermeister klappte sein Notizbuch zusammen. Was sollte das nun wieder? Aber er kannte ja die Vorlieben des Chefs. Auch der Hafenmeister und der Ortspolizist schlossen sich an. Anscheinend hatte der Kommissar sie noch nicht offiziell entlassen.

Mit einem kurzen Rückwärtsmanöver legte sich die ALOHA sanft an den Steg. Bootsmann und Matrose stiegen über, belegten die Festmacher an den Klampen. Der Maschinist strich sich erschöpft über die Stirn und kletterte dann langsam über die Reeling. Der Bootsmann stützte ihn fürsorglich mit seinen starken Armen. Der Kapitän warf noch einen Blick rundum. Hatte alles seine Ordnung? Dann verschloß er die Tür des Deckshauses, reichte dem Matrosen den Aaleimer zu und ging als letzter von Bord. Wie immer kein Wort.

Der Kommissar trat ihnen in den Weg, wie zufällig. Ein bildschönes Schiff hätten sie. Der Matrose stieß ein kurzes ja heraus. Der Kommissar warf einen Blick in den Aaleimer. Donnerwetter, dreiviertel voll! Wo sie die gefangen hätten? Andere Elbseite, Medemsand. Diesmal quälte sich der Bootsmann die Antwort ab. Sie wollten weitergehen, die vier, als der Kommissar die Hand hob. Da wäre noch was, ein Toter am Hafen, ein Mordfall. Darum seien sie hier. Er, der Kommissar, er zeigte auf den Obermeister, und sein Assistent. Nur ein paar Fragen.

Der Kapitän schob sich nach vorn. Die Antworten waren seine Sache. Wann sie losgefahren wären zum Aalfischen? Ungefähr. Drei Minuten nach Mitternacht, ganz genau. Weil die ablaufende Tide eingesetzt hatte. Mit dem Motor? Vielleicht hätte jemand das Geräusch gehört. Der Kapitän schüttelte den Kopf. Mit Segel und ablaufendem Wasser, kein Geräusch. Motor würden sie nur anwerfen, wenn es gar nicht anders ginge. Das leuchtete dem Kommissar ein, er wäre selber Segler. Ob sie Menschen gesehen hätten im Vorüberfahren? Nein. Die Kajütsfenster der BARRACUDA waren sie beleuchtet gewesen? Sie würden das Schiff sicher kennen, ein regelmäßiger Besucher des Hafens. Ihr Eigner sei übrigens der Tote, der

Ermordete. Nein, kein Licht. Ob sie den Mann
kennen würden? Vom Sehen. Mit ihm gesprochen
hätten? Nein. Ob sie jemals etwas von Rauschgifthandel in dieser Gegend gehört hätten? Die
vier schüttelten die Köpfe. Das wäre alles. Vielleicht ergäben sich später noch Fragen. Wo man
sie erreichen könnte? Wüßte hier jeder. Dann gingen sie.

»Ziemlich wortkarge Herrschaften«, sagte der
Obermeister.

»Leben in einer anderen Zeit, kann mir nicht
vorstellen, daß sie etwas damit zu tun haben«, antwortete der Kommissar. »Jetzt das Boot.«

Der Hafenmeister führte sie an den Liegeplatz.
Ob man ihn noch brauche? Nein. Sicher würden
noch Fragen auftauchen, aber die könnten warten.

Eine Kunststoffschönheit war die BARRA-
CUDA, ausgerüstet mit allem, was gut und teuer
war. Aluminiummast, verchromte Beschläge,
Radsteuerung statt Pinne. Man sah, ihr Besitzer
hatte auf Ordnung gehalten. Das Deck war sau-
ber, die Segel gut aufgetucht, die Leinen ordent-
lich aufgeschossen.

Die Kajüte war unverschlossen, das Schiebeluk
ließ sich aufschieben, die Einsteckbretter heraus-
ziehen. Konnte darauf hindeuten, daß der Mann

hier nicht mit unerwünschtem Besuch rechnete oder bald zurückkommen wollte. Innen warmes Mahagoniholz, gemütlich, elektrisches Licht natürlich aber eine Petroleumlampe als Dekoration. Funk- und Navigationsgeräte auf dem neusten Stand.

Sie durchsuchten mit der Gründlichkeit von Fachleuten, gewohnt, keinen Winkel zu übersehen. Sie fanden nichts. Nichts, was nicht an Bord gehörte. Die Brieftasche lag in dem kleinen Mittelschrank über der Steuerbord Sitzbank. Roland Meerbusch, Im- und Exportkaufmann, Wedel, Holstein, stand auf einer Visitenkarte. Personalausweis und Führerschein bestätigten das. Dazu ADAC-Karte, ein paar Segelfotos und dreihundertfünfzig Mark in bar. Nichts, was nicht sein durfte.

Danach Krabben und Aal sauer, im »Elbblick«, mit des Kaisers Flotte an der Wand. Sie waren die einzigen Gäste. Die Einheimischen kamen erst gegen Abend, und der fremde Gast war tot. Er sei Punkt halb zwölf gegangen wie immer, erfuhren sie von dem Wirt. Auch etwas zu trinken? Ja, zwei Bier, kleine.

Der Obermeister schob den Teller zurück. In dieser Branche sei Ware gegen Cash die Regel. Ein Fender mit Stoff und einer mit Geld, und die würden ausgetauscht. Keine persönliche Begegnung. Das wäre doch die Logik.

Sie gingen alle Möglichkeiten durch. Fall eins. Der Ermordete sei der Lieferant und der Abnehmer sein Mörder. Verständlich, daß er nach der Tat sein Geld wieder mitnimmt. Aber unverständlich, daß er den Stoff liegenläßt, ja sogar den Kopf des Toten darauf bettet – wenn diese Annahme stimmen sollte –, als sollte man ihn finden. Wäre der Fender an Schellhorns vertäut gewesen, wäre er nicht aufgefallen, und sie hätten den Trick mit der abschraubbaren Kappe nicht herausgekriegt. Sollte der Tote doch darauf gefallen sein? Eine Störung? Der Mörder könnte in Panik geraten sein? Fall zwei. Umgekehrt, der Ermordete war der Abnehmer und sein Mörder der Lieferant. Läuft auf das gleiche hinaus. Daß er sein Geld mitnimmt leuchtet ein, aber nicht, daß er die Ware zurückläßt. Er könnte sie noch einmal verkaufen. Sie redeten, sie drehten und wendeten, es gab keinen rechten Sinn.

»Oder«, sagte der Obermeister, »es war alles ganz anders.«

»Oder«, sagte der Kommissar, »es wird wieder einer der Fälle, die zwischen den Aktendeckeln verstauben.« Er stand auf und rief in den Flur hinein: »Herr Wirt, zahlen, bitte.«

Im Auto redeten sie weiter. Die Obduktion könnte etwas ergeben betreff Todeszeit und Waffe. Wenn tatsächlich der Spleißdorn eines Bordmessers die Mordwaffe war, in einer Gegend wie dieser hätte fast jeder so ein Ding, sogar er, der Kommissar. Nach Wedel mußten sie, die Privatwohnung durchsuchen, sich im Geschäft umsehen, Angehörige befragen. Und diese Fendergeschichte, logisch wäre gewesen, wenn es zwei davon gegeben hätte, die einander genau glichen. Der eine für den Stoff, der andere für das Geld, und das Geschäft wäre durch Tausch erledigt worden...

Am Nachmittag saßen die vier Alten zur gewohnten Zeit auf der Deichbank. Im Westen zogen Wolken herauf, ein Tief war im Anzug. Der Wind hatte aufgebrist, Stärke vier.

»Wer wird sich um meinen Motor kümmern«, sagte der Maschinist. »Vier Monate gibt mir der Arzt noch, höchstens ein halbes Jahr.«

»Mach dir keine Sorgen.« Der Kapitän legte ihm die Hand auf die Schulter. »Der Bootsmann macht das schon.«

Eine Woche danach erhielt die Hauptgeschäftsstelle der Deutschen Gesellschaft zur Rettung Schiffsbrüchiger in Bremen ein großes braunes

Couvert mit einem Poststempel von Buxtehude. Zwischen zwei festen Pappdeckeln lagen in vier Stapeln hundertachtzig Tausendmarkscheine und zehn Fünfhunderter. Von Spendern, die nicht genannt werden wollten, stand auf einer Karte.

In siebenundzwanzig Meter Tiefe auf dem Grund des Elbfahrwassers nahe der Tonne P7 lag ein weißer Fender mit blauer Kappe, der innen mit Sand gefüllt war.

Erich Maletzke

Poeten
in ländlicher
Idylle

Erich Maletzke hat Schriftsteller
in Norddeutschland besucht,
mit ihnen Gespräche geführt
und ihre ganz persönlichen
Lebensumstände kennengelernt.
Jurek Becker, Wolf Biermann,
Günter Grass, Helmut Heißenbüttel,
Walter Jens, Walter Kempowski,
Sarah Kirsch, Günter Kunert,
Siegfried Lenz, Peter Rühmkorf,
das Ehepaar Zornack / Heise
und Eckart Cordes
waren seine Gastgeber.
Erich Maletzkes ebenso informativen
wie amüsanten Eindrücke von den
Poeten in ländlicher Idylle
werden durch Fotos von Astrid Boelter
einfühlsam ergänzt.

Erschienen im
Verlag H. Lühr & Dircks

Die Flut kommt

Unheimliche und abenteuerliche
Nordseegeschichten von 9 verschiedenen
Autoren, die auf spannende und
literarische Weise beeindruckende Szenen
vom Leben an der Küste vermitteln.
Zusammengestellt und herausgegeben
wurde die Sammlung von
Hans-Heinrich Lüth.

Nordsee Sturm

Eine Sammlung von Geschichten und
Erzählungen über die oft tobende Nordsee
und ihre sturmgepeinigten Küsten.
9 verschiedenen Autoren erzählen von
den entfesselten Gewalten des Meeres!
Zusammengestellt und herausgegeben
wurde dieses Buch von Dietmar Damwerth.

Erschienen im
Verlag H. Lühr & Dircks